我从来不觉得人的成长是为了证明之前的不切实际和幼稚，

梦想是用来实现的，

但是太容易实现的，那不叫梦想。

你要去相信，没有到不了的明天

Time would heal almost all wounds.
If your wounds have not been healed up,
please wait for a short while.

卢思浩
Lu Kevin
WORKS
著

CNS PUBLISHING & MEDIA 中南出版传媒
湖南文艺出版社 HUNAN LITERATURE AND ART PUBLISHING HOUSE
博集天卷 CS-BOOKY

写在前面的话

2009年初，我正式开始一个人的生活。一个人怀揣着所谓的梦想，去往一个陌生的城市生活。现在想来，那时常念叨着所谓梦想的我，也许根本不明白“梦想”这两个字的含义和它所蕴含的力量。曾经看到一篇文字，说如果你有一台时光机可以回到过去，你会对过去的自己说些什么。我认真地想了想，如果有一台时光机，回到最开始的那几年，我会对那个动不动就嚷嚷着要放弃的自己说一句：“感谢你没有选择放弃。”

2013年3月凌晨三点半，我坐在电脑前为自己的第二本书写序。还是一个人生活，还是会每周习惯性地看完一本书，还是会把自己的心情写下来与大家分享，喜欢的歌还是那么几首，身边最好的朋友还是那么几个，仔细想来这便是我最大的幸运。曾经我想，如果有人愿意陪着你一起做梦，就是莫大的幸福，然而更让我觉得幸运的是，这样的人不止一个。还记得最开始，我带着近十五万字的书稿——当然它不是现在的这个样子——去拜访那家商谈了很久的出版社。接待我的姑娘一脸笑容地看着我，说着很多欣赏的话。然后不到十五分钟，我就离开了出版社的写字楼，没错，我被拒绝了。那天的太阳挺暖和，等着我的死党在我身边说着鼓励的话，他跟我说："没关系，我认识的你，跌倒了也会爬起来战斗到底。"之后，便有了你们在网络上看到的同名短文《没有到不了的明天》。

二十多岁是一个尴尬的年纪，即便在幼时我曾经无比憧憬过这样的年龄。小时候的自己总是有着很多梦想，想着在自己的黄金年代会是一个什么样的人，那时自己的诸多幻想中，绝对没有想到我会是这么一个样子——我没有变成威风的警察，也没有变成科学家，我更没有改变世界。二十多岁的我们，好像被印上了很多不属于我们的东西。我们被迫懂得很多人情世故，我们被迫知道现实的残酷之处，伴随着我们所谓的梦想和一触即溃的自尊，开始变得不知所措。我们想要依赖自己，却发现自己还靠不住；我们安慰自己还小，却发现身边的朋友已经风生水起。我们想要依靠自己生活，却发现生活远比我们想象的困难；我们想要在黄金年代里做我们自己，却发现最难的就是做自己。

然而一切还是过来了，那个曾经好几次觉得自己就要这么倒下的时刻还是过来了。在这样的生活里，我学会了怎么看待离别，怎么看待孤单，怎么看待生命里这些无能为力的事情。当你还没有出去看世界，还没有踏上实现梦想的第一步的时候，你的踌躇满志并不是梦想；当你看清了全世界，当你明白梦想是多难实现的时候，你才真正明白了梦想是什么。这本书里所写的这些那些感悟，都是我在一个人的时候感悟出来的。通过不断地读书，不断地累积，不断地经历很多从来想象不到的事情，慢慢感悟出来的。有时候会觉得坚持不下去了，更多时候我会跟自己说，没关系，再试一次，试着用你想要的方式生活下去。

罗曼·罗兰在《米开朗琪罗》里说："世界上只有一种真正的英雄主义，那就是认清生活的真相后依然热爱生活。"

我想对我来说，这就是明天存在的意义，只有跌倒过才会更加明白想要坚持的是什么。这本书，记载着我的低谷和失落，也记载着一直在我身边的朋友，记载着我的一点一滴，也记载着我是怎么在一次次的失落里看到了太阳。

亲爱的朋友，愿你和我一样，也能从生活中找到生活下去的阳光。亲爱的朋友，愿你的太阳找到你，愿你找到自己的太阳，这便是我写下这本书的全部意义。

目录 \ CONTENTS

Time would heal almost all wounds. If your wounds have not been healed up, please wait for a short while.

目录 ＼ CONTENTS

Time would heal almost all wounds. If your wounds have not been healed up, please wait for a short while.

愿漂泊的人，能早日不再漂泊

目录 \ CONTENTS

Time would heal almost all wounds. If your wounds have not been healed up, please wait for a short while.

愿你找到你的太阳，愿你的太阳找到你

目录 \ CONTENTS

Time would heal almost all wounds. If your wounds have not been healed up, please wait for a short while.

愿你要的明天，能够如约而至

愿你我老去之后，
有个嘴角上扬的青春

你要去相信，
没有到不了的明天

如果你现在正走在一条看起来没有未来的弯路上，
记住，
一定要继续走下去，
只有等你走完了这条弯路，
你才会知道自己想要的是什么。

如果觉得累，
没关系，
我在这里陪着你，
一直陪你走到出头的那一天。

你要去相信，没有到不了的明天。不管你现在是一个人走在异乡的街道上始终没有找到一丝归属感，还是在跟朋友们一起吃饭开心地笑着的时候闪过一丝落寞。

不管你现在是在图书馆里背着怎么也看不进去的英语单词，还是迷茫地看不清未来的方向不知道要往哪儿走。

不管你现在是在努力去实现梦想却没能拉近与梦想的距离，还是已经慢慢地找不到自己的梦想了。

你都要去相信，没有到不了的明天。

有时候你的梦想太大，别人说你的梦想根本不可能实现；有时候你的梦想太小，又有人说你胸无大志。有时候你对死党说着将来要去环游世界的梦想，却换来他的不屑一顾，于是你再也不提自己的梦想；有时候你突然说起将来要开个小店的愿望，却发现听你讲述的那个人，并没有听到你在说什么。

不过又能怎么样呢，未来始终是自己的，梦想始终是自己的，没有人会来帮你实现它。也许很多时候，我们只是需要朋友的一句鼓励、一句安慰，却也得不到。

但是相信我，世界上还有很多人，只是想要和你说说话。

因为我们都一样。

一样的被人说成固执，一样的在追逐他们眼里根本不在意的东西。

所以，又有什么关系呢，别人始终不是你，不能懂你的心情，你又何必多去解释呢。这个世界会来阻止你，困难也会接踵而至，其实真正关键的只有自己，有没有那种倔强。

这个世界上没有不带伤的人，真正能治愈自己的，只有自己。

有时候很懒，懒得去经营一份感情，懒得走进其他人的生活；有时候，昨天跟你擦肩而过的那个人，今天不经意地走进你的生命里；有时候，你很在乎的那个人，又悄无声息地离开了，却把你们的回忆留下来。

初中里你暗恋的那个女生，你鼓起勇气表白却连朋友也没做成。高中里你又喜欢上一个女生，却不敢去告白。实际上，那个女生也喜欢你，一直在等你的那句话，于是你们错过了。大学里，有人来到你的生命里，你们爱得轰轰烈烈，可是到后来，你们还是分开了。

这一切都过去了，你还是一个人，偶尔会孤单，偶尔会难受，也会想有个人拥抱，所以你还是在等。

没关系，你一定会等到的。你一定要相信，那个人也在经历了很多之后在找你。你要做的，就是好好照顾自己，让自己在最好的状态里，遇到最好的他（她）。

曾经受过的伤，你觉得一辈子也忘不了，可还是过来了。曾经离开的人，你以为你一辈子也放不开，可后来你还是发现，原来真的不会离开谁就活不下去。曾经说着的梦想，你也没能实现，可是你在实现梦想的努力中，找到了喜欢的那个自己。

也许你到最后也没能环游世界，不过没关系，因为你跟你的他（她），见到了世界上最美丽的风景。

也许你到最后也没能家喻户晓，不过没关系，因为你的朋友，都很开心能够认识这样的一个你。

也许你到最后也没能牵到喜欢的那个人的手，不过没关系，因为你，已经在他（她）的心里了。

其实，很多时候，我们就在很多小事中不知不觉地改变了。

我们辛辛苦苦来到这个世界上，可不是为了每天看到的那些不美好而伤心的。我们生下来的时候就已经哭够了，而且我们啊，谁也不能活着回去，所以，不要把时间都用来低落了。去相信，去孤单，去爱去恨去浪费，去闯去梦去后悔，你一定要相信，不会有到不了的明天。

谁不曾感到过失望，谁不曾辜负过青春，我们总是在昨天狠狠绝望过一回，然后突然醒悟般走向未来的生活。

我们终究还是找到了，找到了微笑着走向明天的勇气。

喜欢一个人就去追，因为在这一辈子里面，你可能只有这一次机会能牵到那个人的手了。有梦想就去努力，因为在这一辈子里面，现在不去勇敢地努力，也许就再也没有机会了。

你要去相信，一定要相信，没有到不了的明天。

background music——**五月天《笑忘歌》**

每个人的青春里都有一条弯路

如果你现在正走在一条看起来没有未来的弯路上，
记住一定要继续走下去，
只有等你走完了，
你才会明白自己想要的是什么。
没有人能帮你，
你只能靠自己，
但什么都失去的时候，
还有未来在。

（一）

朋友A，暗恋一个女生六年，最后还是无果而终，而我们最为他不平的是，自始至终他都没有让那个女生知道自己喜欢她。可是他说没关系，某天他回想起她的时候，他发现自始至终都没有期望她会出现在他的明天里，但如果时间倒流，他一样还是会去喜欢她。

暗恋的好处就是，她的一个举动、一个微笑，就能让你莫名地记住好多年。

不是所有的故事都有 Happy Ending，但不是所有不是 Happy Ending 的故事都没有意义。即使某天你回想起一个人，她曾经让你以为她会出现在你的明天里，可是自始至终都没有出现在你的生活里，也不会觉得白忙活了一场。在对的时间遇到对的人，那是扯淡；在错的时间遇到对的人，这就叫青春。

（二）

朋友B，前阵子一个人去西藏回来。尽管现在“西藏”像一个泛滥的名词，我们还是不能掩饰对她的佩服。她的Gap Year开始得轰轰烈烈，在前阵子结束了，她说自己从来不是一个那么坚持、那么笃定的人，但是突然觉得，就这一次，不能再半途而废。她说，这一次要把自己以前所有没用到的倔强都用完，把所有的半途而废都给弥补上。

她这么说着，她也这么做了。

然而在她这么独立的形象之前，是一次失败的感情。双方父母同意了，订婚酒也办了，男主角却突然变卦了。我不想去评判什么，然而还是替她可惜。

只是我们谁也没有想到，她会以这么独立强大的形象归来。她说自己已经把之前黄金年代的一部分全部给了他，之后的日子不想再为他浪费了。

（三）

不久前同为留学生的M问我，每一次在机场最让我触动的是什么。我想了会儿说，是看到留学生们离别时候的感伤吧。他摇摇头说，最让他触动的是，无论那人之前的生活怎样，他的性格是懦弱还是坚强，走进海关的那一刻，即使已经泪流满面，他也不会回头。

那些已经难过到抑制不住哭声的人，也绝不会回头，也绝不会把自己的软弱展现在爸妈面前。

每到6月，就会有很多人绕了一个大圈子，然后回国，终究是回到那个熟悉的地方。曾经我想，为什么我们绕了一大圈还是毫无例外地回到了原地？为什么明明全世界最爱我们的两个人都已经在身边了，我们却还是要离开他们？

后来我才想明白了，就像我常说的，所有漂泊的人不过是为了有一天能够不再漂泊，能够保护起自己的家人。只有经过这样的折腾，这样看起来的一种徒劳无功，才能明白原点是一个什么样的东西。

（四）

我从来不觉得自己是一个很靠谱的人，我谈不靠谱的恋爱，写没人看的书，打着旅行的旗号一个人去很多地方。每次我在陌生的地方看着陌生的天花板，想的却总是家；每次我错过了那个人之后，我才会发现哪些地方我做得不好。我曾经想，为什么要这么折腾，为什么那么不靠谱。

然而成长的一部分就是这样，你不断地跟熟悉的东西告别，跟熟悉的人告别，做一些以前从来不会做的事情，爱一个可能没有结果的人。在某个阶段，尤其当你寂寞太久的时候，有太多的冲动，把喜欢当成爱，把一秒当成永恒。然而如果不是这么折腾，你也不会知道自己真的想要的是什么。

很多人都跟我说“不如不见”之类的话，但是我觉得相遇就是一种缘分。太多人就是要得太多，反而什么都得不到。能相遇，能变好一点儿，能同行一段，那也挺好的。人生本就是离别的集合体，如果不珍惜每一次的相遇，那一辈子就太短了；如果分开后总想要遗忘对方，想着不如不见，那一辈子就又太长了。

每个人的青春里都有一条弯路，谁也无法替你走完，但未来总还在。

我曾经在《愿有人陪你颠沛流离》录写：愿有人陪你一起颠沛流离，一起走到出头的那天，一起走到你一生那一次发光的那天。曾经也有人给我留言，说已经看我的文三年了，突然也会感觉时光飞逝。我只希望这么多年过去了，你没有觉得这些年白白度过。

所以今天想再加那么一句：愿有人陪你颠沛流离，如果没有，愿你成为自己的太阳。

愿你成为自己的太阳。

background music——One Republic *Secrets*

有关这些的回忆，
我把它们统称为“旧时光”

你也许也是这样，
刚见面的时候从没想到日后她会在你心里占据那么大的位置；
再或者就是你们互相喜欢对方，
可就是没能在一起。
总是在想要告诉对方的时候发生些什么让你最终没有说出口，
这样的狗血戏码好像总是在上演。

多少人把青春耗在暗恋里，
却没有在一起？
不过没关系，
因为这就是生活。

回忆这东西，它一直藏在你记忆里的某个角落，在你听一首歌、看一部电影、走过一个拐角的时候，它就会悄悄冒出来，在你以为自己已经忘记的时候，提醒着那些你经历过的时光。

有关这些的回忆，我把它们统称为“旧时光”。

高中时代大概是我所有的旧时光中，最特殊的一段。因为这段时光在我当初经历的时候是最最难熬的，可是当某天我回忆起来，发现那时是最美好的。说不定真如书里所说：那些好时光都是被浪费、被辜负的，只有在我们沉淀了岁月以后回过头来看，才能幡然醒悟，那竟是最好的时光。

那还是跟死党们互相叫着外号的年纪，还会做三角函数，经常会为了一道物理题跟死党争得面红耳赤。桌上永远堆着写不完的作业和看不完的教科书，头顶咯吱咯吱直响的风扇常让我莫名地担心它会掉下来，脑海中幻想着随之而来的血腥画面。

那时，每一个暑假都会令人印象深刻，似乎在这短暂的时光里，一定会发生一些炽热而又温暖的事情。

我总是跟最要好的朋友说着将来想要去的地方，他也每每不厌其烦地摆着他的那张臭脸，对我说还是把英语作业好好做完再说吧。而我似乎从来不在乎他的臭脸，照样说着自己的大道理。

那时候我觉得友情这东西比什么都可靠，而衡量两个人友谊的标准，就是看你能忍受住对方多少次“臭脸”。

当然，每个男生在高中的时候都有一个喜欢的人。

你是射手座，碰巧你喜欢的也是五月天。我清楚记得第一次问起你生日的时候，你一脸臭屁地说：“我的生日跟陈信宏的生日一样，就是那个写出《温柔》的阿信。”那时是我第一次知道陈信宏的生日，然后没想到，从不追星的我一发不可收地喜欢了他们整整八年。

你呢，总是抱怨学校的伙食太差，却从来容不得别的学校的人说我们学校的半点不好；你总是说要把手里的日记本写完，结果到了高中毕业你才写了九页。

那次你过生日，我想尽一切办法，费尽心思给你弄来了陈信宏的签名 CD，却在你面前轻描淡写地说是朋友送给我的，正好就转手给你了。

那时我们上课偷偷发短信，没想到我鬼使神差忘记把手机设成静音，我只得一脸无奈地看着教室另一边偷笑的你。之后一年的生日，我送了你一条围巾。你一如既往地数落我，说我眼光真差，这条围巾真难看，却怎么也不肯把围巾摘下来。

我们会隔着半个教室传纸条，我们也会时不时地一起去食堂吃饭。我们下课会一起趴在栏杆上，只是我从没能确定你到底喜不喜欢我。然后有天我送你回家，当时的路灯很昏黄，还真是给我营造了很多气氛，我想要悄悄牵你的手却始终没能鼓起勇气，等终于快到你家，当我想对你说“我喜欢你”的时候，你却像是看穿了我一样，说：“我们会做一辈子朋友，对不对？”生生把我的话给憋了回去。

现在想起来，我觉得你一定是故意的，那时候你总能一眼就看穿我，你这家伙。

那时候总想着，高中毕业了怎么着也要对你说喜欢你，可后来怎么也没说出口。再后来，你去了另外一个城市念大学，联系不可避免地少了，那些感情也随着时间的流逝渐渐地掩盖起来。直到后来有一次聚会，有人起哄让我们俩坐在一起。我那时不知道为什么来了一句：“其实那时候我很喜欢你呢。”没想到，你一脸严肃地看着我说：“我也很喜欢你，那时候。”

我想，我当时一定大脑空白了几秒钟，可也只是这样而已，我甚至说不清自己心里是开心还是难过。岁月是神偷，很抱歉谁也回不去了。

在那个假期之后的日子里，我们还是每天都见面，明明知道曾经互相喜欢着，可就是没办法在一起。我们说着那些我们得到的、失去的，突然发现说不定我们从来没能战胜过青春这个残酷又美好的东西。

说不定在一起了，反而就没这么美好了。说不定这世上最好的感情，就是你喜欢她、她喜欢你，你们却没能在一起。尽管如此，还是会想，如果能在一起也不错。

之后过了很久，李婧跟我聊起那时候我们上课悄悄看的书《那些年，我们一起追的女孩》要被搬上银幕了，我一下子就想起了沈佳仪说的那句话："人世间本来很多事就是徒劳无功的，可我们还是一样要经历。"

转眼这么几年过去了，一年又一年时间飞逝得远比想象的快。毕业后跟她回母校，以前的教室仍然在上着课，是我最头疼的物理；操场上篮球场上挤满了人，麦迪那时是所有男生的最爱；走廊里男生女生在偷偷讲着悄悄话；拥挤的食堂，总是坐不满的会议室，红色的教学楼，一切如常，唯一变了的只是换了一拨又一拨学生。

我才突然明白，原来青春一直没有变，它只是我们路过的一站，我们经过了就没有了，可后面还会有人陆续经过这一站。可我们经过了就没办法回去了，只能远远地看着，暗自怀念不已，就像时间一直没有走，走远的是我们自己。

这样的一种无奈和徒劳，一如我当时那么地喜欢你，一如你为了等我在寒风里裹着衣服站了很久，一如最后我们都没有在一起。

那天你跟我站在操场感叹着旧时光，却看见更年轻的“我们”在拼命挥霍。一样的懵懂，一样的青涩，一样的不知道怎么开口对喜欢的人说喜欢你。总有人变成当初的我们，犯着跟当初我们犯的类似的错误，挥霍着我们无比想回去的旧时光。

究竟是那时不谙世事的我们懵懂地喜欢着一个人的感觉更珍贵，还是经历了世事之后的我们终于对爱的人说出一句“我们在一起”更不容易？这个问题，也许谁也没有办法回答。

有些青春的故事，还没有开头，那就不要开始了吧。

这就是我现在能写下的关于你的故事，青春，懵懂，喜欢，还有五月天，有遗憾却不后悔。

还记得那天李婧问我：“如果回到过去，告诉你，你遇到的那些人最后的结局是远去，你付出的感情最后的结局是遗忘，你还会跟以前一样吗？”

我看着她说：“其实说起来，我们从一开始就料到了，不是吗？”她看着我，笑了笑说：“是啊。”

其实从一开始你就知道。你知道感情从来就不是你对他好他就会对你好的，你知道现在面对爱情谁都不是善男信女，谁都曾经或多或少受过伤，看过那么多背叛，谁也不会刚恋爱一个星期就毫无顾忌地掏心掏肺。

其实从一开始你就知道。你知道有些话只是借口，你知道也许我们的恋情只是一时冲动撑不过一个夏日的午后，你知道我们的感情可能不会有一个美好的结局，你知道其实身边的朋友没有多少人看好我们。

其实从一开始你就知道。你知道不是所有梦想都可以逐一实现，你知道有些人今天对你好明天就可能把你忘得远远的，你知道总有一天我们都会慢慢地变成铜墙铁壁的大人。

奇怪呢，那时候总觉得各奔东西之后，最不会失去联系的人就是你，却没想到最先失去联系的人，也是你。

那么接下来，还有很多日子要走。就把你的幼稚难过，把你的孤单寂寞，把你美好的不美好的开心的失落的那些，把你所有关于年轻而又无知的一切，都毫无保留地送给那些在青春里陪着你的人吧。

然后跟现在依旧能陪伴在你身边的人，带着最后的一丝勇气和任性，以及那千疮百孔的梦想，一起在这疯狂的世界很努力地走下去。

带着那些无法割舍下的旧时光，很努力地走下去。

background music——Green Day

Wake Me Up When September Ends

致你我折腾来折腾去
不得安宁的青春

把遇到的人见过的事都记下来，
趁年轻；
把感动过的奋斗过的都写下来，
趁还记得；
跟爱着的人用力牵手拥抱，
趁还相爱；
把折腾的青春折腾下去，
趁还热血。
要一个其他人都没有的青春，
这样才算活过。

有那么一个人，在你最难过、最无助的时候总在你的身边，在看过你最落魄、最真实、最不堪的一面也不会离开你，在你失眠的时候凌晨四五点死撑着不睡觉陪你聊天。你考虑过无数个人、无数种情况，偏偏没有想到陪着你的这个人喜欢你，偏偏不知道他迟迟不开口是因为怕失去你。

有那么一段时光，你是某个人的脑残粉，你爱他，你想要知道关于他的一切，任何一点儿风吹草动都能让你躁动不已，他的一言一语你都记在心里。你支持他的所有错误决定，在他难过的时候陪在他的左右，可是他从来不相信你爱他，所以你守护着他，以最好的朋友的名义。

有那么一个夏天，回忆明亮得让你不愿意回想起来，可你越是抗拒越是能想起来。在一次又一次的散伙饭里来回奔波，畅想着未来四年的幸福生活。结果呢，结果那个毕业季那年的天空已经悄然不见了，那间上课的教室、那个人早就不知道去了哪里，结果那些所谓的时光突然就所剩无几。

于是我们对于这些有了一个定义——青春。

死党 CL 跟他女朋友分分合合好几年，我们这些局外人都为他们揪心。终于，他们什么事情都经历过了，父母不同意也撑过来了，异地三年也撑过来了，甚至连有“小三”牵扯的事情也撑过来了。当我们都以为他们终于可以稳定下来结婚的时候，他们分手了。

我们一直都不知道发生了什么，我们不提起，他也不会主动说。直到有一天我们一帮人聚餐，聊到这话题的时候，他才说了一句：“过去的就让它过去吧。”

一句话说得轻描淡写，只是谁都能看得出来他背后的难受。

我看着他，突然想：折腾了那么久，什么都没得到，值得吗？

天气越来越冷，在节奏越来越快的生活中，空虚掷地有声，往事却异常安详，没有谁去打扰它，它却总是不甘寂寞。

之后我们共同的朋友出国了。其实他完全不用出国，他家境很好，学业有成，活脱儿“别人家的孩子”，可他还是义无反顾地去了法国。

起初我们都不理解他的想法，后来他说："以前我们小，没办法为自己做选择，但这没有什么可遗憾的，因为那时我们没有选择。现在我们长大了，能够为自己做选择了，却又开始犹豫了。我不想让自己遗憾，我想去法国，所以我去了。"

听说他刚开始过得很辛苦，不过现在稳定下来了，读完了硕士，准备读博士，建筑专业，至今我依然难以想象他戴着眼镜认真苦读的样子。

跟他们比起来，我的青春看起来平凡得多。我跟很多人一样喜欢班里的漂亮女生，却不敢去表白；一样不喜欢上课，可还是一副乖乖牌的样子用功学习；一样省吃俭用偷攒零花钱，买上一本篮球杂志……就是这样普通而又平凡，却还是做着要改变世界的美梦。

倒是那天夜里 CL 跟我聊起天来，他问我为什么不找个女朋友。我说，你们一个两个的结局都那么悲惨，我不想那么难过。他盯了我半晌才说："卢思浩，这不像你。你不是一向不怕折腾的吗？你不是最害怕遗憾的吗？怎么，这么快，你就要让自己对自己失望了？"

沉默半晌，我又想起之前闪过的那个问题：这样的折腾，值得吗？然后我听见心底的另一个声音：值得。

陈信宏说，青春是手牵手坐上了永不回头的火车；九把刀说，青春不过是淋了雨，还想再淋一遍；《疯狂世界》里说，青春是泼出去的水，用力地浪费，再用力地后悔。

总是凌晨三点的时候还在赶着今天要交的课题，总是翘掉最后那节课去操场追逐那不停的篮球，总是在难过的时候拉上最好的朋友喝个烂醉，总是很强烈地喜欢一个人而不去计较有什么回报，总是不停地受伤又不停地爬起来，觉得自己不可救药可还是不知悔改。

就像去读设计的朋友一样，他说他正年轻，他说他想出发，所以他做到了。

青春是一群不知天高地厚的傻小子拼命地向前冲，然后跌倒；青春是明知道下一句台词是什么，也会毫无意外地被感动；青春就是在你的勇气快要消失的时候，有人告诉你不能怕，要向前冲。

也许三年后、十年后、三十年后的我们回想起来，会觉得这时候的我们无比幼稚，可是只有经历了如此折腾的青春之后，才能明白原来幸福只是一件可贵的小事。

有多少人愿意在最美好的那几年陪着默默无闻的你？又有多少人愿意毫无怨言地包容你的任性和懵懂？

在那些看起来平凡而又遥遥无期的日子里，因为有了这些人，有了彼此的陪伴和在青春里留下的痕迹，才没有浪费这些年。

或者更应该说，正是因为遇见了你们，才有了我的这些年。

突然有点儿想笑，还好我们遇到了彼此，才让我学会了折腾。因为有这么一群不省心的朋友，我才不得安宁地度过了青春；又因为有努力去实现梦想的榜样，让我时刻不停地朝梦想走着。

以前有时候会想，如果没有遇到你们这帮损友，我的日子会是什么样子。也许很安逸，也许比现在还疯，但是现在的我，已经不再去想那些假设的东西。

就是因为有你们这帮无肉不欢、不损对方不舒坦的损友，我才有了我的这些年啊，我才是现在的我。青春这么复杂的东西，我不懂我也不想去懂，它是残酷、是美好、是遗憾、是疯狂，我都无所谓。因为我已经看到最珍贵的东西，度过很珍贵的那些年了。

那么在最后向这个世界投降之前，再疯狂一次吧。我还有一个牛逼的要去实现的梦想，我还有一群死党，所以没什么好怕的。

杀死我们的东西，一定是平淡而又安稳的。

每天每夜度过的日子，写过的文章，读过的书籍，看过的电影，认识的那些人，去过的那些不知道名字的地方，所有青春里的这些折腾，慢慢地，它们会堆砌出你想要的未来。

等到那时候，你就会发现，其实一切都有迹可循。

愿我们老了回忆起来，会有一个嘴角上扬的青春。不，我们老了之后回忆起来，必须有一个嘴角上扬的青春。

background music——**五月天《一颗苹果》**Live版

想过去想得太多，
就真的容易活在过去了

过去的事过去的人，
即使你拼命回忆也回不到以前。
可是回忆越来越美，
旧时光把你困在里面出不来。
是啊，
过去多么美，
现在多么狼狈。
可是就在你沉浸于回忆中的时候，
你错过了一个又一个人，
你忘记了最重要的今天。
所以，
永远要现在努力，
把回忆当成一种力量，
更好地走下去。

《泰坦尼克号》第一次上映的时候，正是1997年。

那年的我不过小学，没有去看《泰坦尼克号》，不明白这艘沉没于百年前的大船有着什么样的魅力。那时的我，不过最爱着《数码宝贝》和电视机里的周星驰，跟玩得最好的那批伙伴收集卡片、玩着弹珠，然后就这么迎来了 21 世纪。

眨眼我们到了 2012，相传玛雅人预言这一年是世界末日，周星驰的电影不再频繁地出现。《数码宝贝》迎来了它的完结篇，度过了最后的荣光，湮没于时间的长河。伙伴们早就已经失去了联系，即便现在的通信比任何时候都先进。这一年微博传言所有食品都有害，所有陌生人都不能信，菊花不再只是泡茶的。有时候我会想，也许 2012 真的是世界末日也说不定。

这两年唯一的共通性，是一部电影，是一艘沉船，是杰克和罗丝永恒的爱情故事，吸引着一批又一批人。我第一次看《泰坦尼克号》的时候已是高中，那时候家里有了第一台电脑。三个小时看下来，不由得庆幸我没有太早地看这部电影，1997 年的我无论如何都没办法看懂这部电影。

同《泰坦尼克号》一样，《那些年，我们一起追的女孩》《将爱情进行到底》也披上怀旧大衣，出现在各大电影院里，诉说着他们的爱情故事，演绎着他们各自的结局。而明明知道结局是什么的我们，还是再次地被这些感动了。

因为他们诉说的，还有我们的故事，还有这过去的 15 年我们经历的离别，经历的爱恨，经历的人生。

转眼就是 15 年过去了，杰克和罗丝依旧活在电影银幕上，而我们早就不知不觉地远离了曾经的我们，爱情、友情渐渐变得面目全非。这么说不免有些难过，像是一切都变了样，可又能实实在在地感受着所谓的物是人非。然而最让我觉得难过的是，在所有的物是人非里面，变得最多的是我自己。

我们这些看着《哆啦 A 梦》《数码宝贝》《灌篮高手》成长起来的孩子，都会期待着自己有个百宝袋，有个数码兽，能在球场上力挽狂澜，都曾经想象着有一只竹蜻蜓和任意门，都曾经为了喜欢的女生像樱木一样默默做着让她开心的事情。

只是那然后呢？再也没有然后了。

曾经的自己自以为是地生活着，自以为自己跟谁都不一样，再长大了一些又觉得过去的自己很傻，后来又发现其实执着也不是一件坏事。于是在所有的岔路口，我都选择向前走从不转弯。我总是对自己说，去做自己想做的事情，爱想爱的人，要相信自己的直觉，要相信眼前的那个人，在一次次的错误中成长，没想到最后变得只笃信时间。

你在青春爱过谁，谁在青春爱过你。是不是你也觉得自己装得天衣无缝那些暧昧和情绪没有人能够看出来，是不是你也会在听到她名字的时候心里暗自激动，是不是你也假装若无其事走过她的身边时希望她能看你一眼。

你在青春陪过谁，谁在青春陪过你。我也曾经想回到那些日子，有着做不完的作业，跟死党抱怨学校的伙食，一起参加运动会，一起上课下课，一起哭和闹，就算过得有多累、多么循规蹈矩，也觉得一切都充满希望。

终于有一天，你发现，微博上面你有几百几千个粉丝，校内上你有几百几千个好友，电话簿里存着几百个朋友的号码，可是不知道打给谁。在失眠的夜里，在看到美景的清晨，你不知道跟谁分享自己的喜悦抑或难过。

越长大越孤单，似乎是每一代人都不得不面对的课题。

一代一代人，在时间的洪流里不停向前，逐渐把以前的我们丢下，就像《秒速五厘米》里的那句台词那样，曾经如此真切的情感，最后竟然彻彻底底地消失了。

你明知道这部 3D《泰坦尼克号》的电影剧情没有一点儿变化，所谓的 3D 技术你也根本不感兴趣，那些经典对白早就烂熟于心，你想看到的，无非是当初让你感动的感情和那些无比珍贵的记忆。即使你知道它是商家的二次利用，你也心甘情愿地为它埋单。

人就是这样，拥有的时候不知道珍惜，失去之后追悔莫及。我们一再地追忆旧时光，为一部部系列电影埋单，为一次次的错过和分开难过，却从没想过我们挥霍的今天，正在变成以后再也回不去的旧时光。

承认吧，尽管你无比怀念那时的雨天、那时的教室，但那样的时光，过去了就是过去了，那些空气安静得像流水，阳光洒在窗檐上的时光已经过去了。爱情还会再来，但主角不会再是青春里的那个了。

我们喜欢一种口味喜欢了几年也该换了，年少时无比喜欢的歌手也已经不再唱歌了，以前回到家就会打开的电视机已经太久没有打开了。今天发生的种种，就是未来的一张旧照片而已，现在你想要铭记一辈子的东西，也许不久以后你就遗忘了。就像你疯狂喜欢的一首歌曲，总有一天你再也不听。

散落在回忆里的曾经爱过的人们哪，你们现在在哪里？是不是偶尔也会想起曾经一起度过的日子？走失在天涯散落四方的怀念和回忆，一直埋在心底，是不是偶尔也会怀念一起疯狂的午后？回忆里的爱情呢，你还在等吗？你还在等待回忆里的人吗？

那么你爱过的人呢，会忘记吗？那些旧时光呢？旧时光是个美人，可是又能怎么样呢？它不过是一次次地出来打击你现在的生活是多么的不如意。

是啊，现在的生活是多么的不如意，可这不是我们在那些旧时光里最憧憬的年纪吗？ 10岁刚出头的你，最憧憬的不就是 20 岁的时光吗，最想到达的年龄不就是现在吗？那么，现在的这个你到底在感叹些什么呢？

为什么我们要一而再再而三地回忆旧时光呢？生命的美好再也无法复制，即便是15年后上映的同一部电影。想过去想得太多，就真的容易活在过去了。如果你一直用过去的回忆安慰现在的自己，那以后你又该怎么面对更不如意的生活呢？如果你20岁的时候还在想要15岁一样的生活，那等你到了40岁的时候，该用什么填补自己的生活呢？

停下你的追忆吧，停下你的后悔不迭吧。那些黄昏，那些傍晚，那些青春，那些雨天，该回想起来的时候，该出现的时候，它们就会自己从脑海冒出来；那些爱过的人、错过的人、离开的友谊，它们会留在心里的某一个角落，偶尔你回想起来，它们会让你觉得自己与这个世界在以不同的旋律运转着。

诚然，那些修成正果的人，也会回忆起旧时光。但他们与我们的不同在于，他们回忆起从前的时候是微笑而又从容的，哪怕旧时光再美好，哪怕旧时光再珍贵。而正是因为旧时光的珍贵，他们才更加努力地走下去，把握现在珍贵的。

让今天过得比昨天更有意义，这才是昨天存在的价值。

我们为什么要有回忆？我们为什么要去回忆？是想要在孤身一人的时候回忆起旧时光对现在痛恨不已，自怨自艾悔不当初，还是要回忆起那些珍贵的东西，提醒你当初的自己和当初的梦想，把回忆变成勇气勇敢地走下去？

把回忆变成一种力量，才是回忆存在的价值。

我们为什么会有旧时光？是因为我们有着现在的时光。

我们有着现在的时光，是因为我们要更好地生活下去。

请好好守护曾经坚定的信念、曾经感动的感情、曾经灿烂的梦想，不要随便把这些丢下，否则在未来的夜里，你会因为把这些都留在了回忆里而难过不已。

永远要在现在努力。如果你不把今天过得比昨天更有意义，那明天的到来又有什么用呢？

background music——Avril *When You're Gone*

未来的某一天，你突然发现，
曾经让你痛彻心肺的那些，
已经不能伤害你分毫

要等到走完那段路，

回头看的时候才会觉得两边的风景跟刚来时有些不同。

那些觉得过不去的，

也许只是我们太倔强不愿意改变，

也许只是我们习惯了那些不该习惯的习惯，

可是那些伤总会慢慢地愈合，

总有一天这些都会过去。

唯一的前提，就是你要自己走过这条路，

一直走下去。

人生有多残酷，你就该有多坚强。现在让你难过的事情，许久回过头来看都会觉得那不算事，你之所以会把痛苦看得那么重，是因为你经历得不够多。觉得难过的时候，不妨告诉自己，现在正是你蜕变的契机。

——17岁

17岁，是所有小说里描绘的最美好的年龄，只是这时的你觉得书本里的那些都是在扯淡。你除了面临升学的压力，还得面对很多无可奈何，朋友之间莫名其妙的吵架，小团体之间或多或少的猜疑，还有，你喜欢的女生总是不正眼瞧你一下。

虽然日子总是安排得满满的，每天早上六点就要起床，但晚上你还是守着手机跟朋友聊天聊到很晚。你尝试着发短信给你喜欢的那个女生，没想到她居然回了。天哪，你形容不出自己有多高兴，斟酌再三又给她发了一条短信。

只是五分钟没有得到回应，你就开始坐立不安，你给自己找“她一定是在忙没有看到”之类的借口来安慰自己。慢慢地，又是五分钟过去了，你觉得这五分钟简直跟一节物理课一样漫长。于是你把手机设成了静音，为的就是想要下次假装不经意看到她回的短信。设置完你就后悔了，你发现你根本没有办法把手机放在一边不去看它，你像一个强迫症病人，过十秒钟就打开手机看一眼。

你终于等到了她的回信，虽然她的回答是那么简单，但是你如释重负，心都要飘起来了。

第二天你早早起床了，打开手机回味了一下，觉得今天一定是个好日子。没想到好巧不巧，你居然在学校门口遇到了她。她笑着跟你打招呼，你有点儿局促地笑笑，笨拙得不知道说些什么，你心里暗自想：我就知道今天一定是个好日子。然后因为这次相遇，你开心了一整天。

接下来的日子，一向懒起的你，居然每次都能提前醒过来，你妈妈啧啧称奇，不知道你的“闹钟”就是她。每次进校门的时候，你都会东张西望期待你们的“偶遇”，她出现时，你又假装什么都没发生似的。

——19岁

高考完的夏天，你考得很好，她却考砸了，哭得很伤心，你不知道为什么也哭了。你想，你们可能会去不同的城市，之后见面就很难了。高考失利的难过，随着夏天的推移慢慢淡化了。你突然发现，你要面对的远不只是高考成绩，还有所谓的各奔东西。

谢师宴上，老师们都喝得酩酊大醉，你才发现平日里看起来严肃讨厌的老师们，居然是那么可爱。语文老师喝多了，居然还说了一句："在座的男生们，有喜欢的女生的话，就赶快表白吧，晚了就没有机会了。"天知道听到语文老师的这句话，你是多么想冲到她面前对她说"我喜欢你"。

在她的散伙饭上，在你死党的鼓动下，你终于对她说了一句"我喜欢你"。她突然哭了，就在你不知所措的时候，她说："为什么不早说，我也喜欢你呀。"

你们的第一次牵手、第一部电影、第一次约会、第一次亲吻，你都记得清清楚楚。只是那个夏天冒出来的那么多情侣，像夏季离别特有的产物，夏天一过，恋情也就散了。

录取通知书到的那天，你才知道，原来你和她还能去一个城市。那时候你想，这一定是老天赐给你的缘分，你们就是天作之合，你怎么也不会放开她的手。

这个夏天，你跟死党喝醉了好多次，一起抱头痛哭，说着曾经在一起的岁月，说着将来要实现的梦想。你说你要去很多地方旅行，死党拍拍你的头，说以后你每到一个新地方，一定要第一个打电话告诉他。

当然，还是在这个夏天，你们计划好要去的很多地方，最后因为时间关系只去了几个。那时你想，没关系，以后有的是时间和机会，没想到，直到现在，你也没能去成那些你想去的地方。不过这个夏天里，你倒是做了很多以前没做的事情：去看了艾薇儿、周杰伦的演唱会，然后度过了整个戴着耳机追赶自由的夏天。

——21岁

你的大学也度过大半了，你跟她的感情跌跌撞撞走了整整两年。

你和她的大学在城市的两个角落。但一个小时的车程，你一点儿也不觉得远，她也有着同样的想法。你们有时间就会见面，有时是她来你的学校，有时是你去她的学校，但你们从没有觉得累，从未觉得这样的距离是个严肃的问题。

你们每天还会打一小时的电话，像是有聊不完的事，说不完的话。她生理期来的那几天，你一个大男人为了她去买卫生巾。你的QQ、“人人”密码她都知道，你也觉得没有什么好隐藏的。她有个私密的相册记录了你们的点点滴滴，密码是你们两个的交往纪念日。

你认识的哥们儿都知道你有这个女朋友，她的闺密也同样，大家都说你们是模范情侣，大学两年之后当时的高中情侣就只剩你们俩了。你们相视一笑，觉得无比甜蜜。虽然你们两个已经在一起很久了，但感觉还像热恋一样。

那时的你觉得你们一定不会分手，那时的她觉得你是她的最后一个男人。你跟你的死党也还保持着联系，每次寒暑假回去，还能一起打个篮球吃个饭，你觉得你们的关系完全没有因为大学两年的生活而变得陌生。

——22岁

你告别了大三，开始迎接新一轮的生活。

夏天的感觉依旧没有变，可你们之间的感觉开始变了。那天你照例送她回宿舍楼下，你对她说“我爱你，晚安”。她愣了一下，说“晚安，我也爱你”。

你回到宿舍之后，突然觉得你对她说“我爱你”的时候，竟然没有一丝心动的感觉了。你们打电话的时间也越来越短，往往说不满半小时就觉得没什么话可说了。其实你也没有忙什么，挂了电话照样发呆而已，她也是，可你们就是不知道应该说什么，最后只能是一句“宝贝我爱你”，然后挂了电话。

你突然觉得可怕，为什么“我爱你”这句话，现在变成了你们聊天无话可说时的结束语了。你们的每天一个电话，越来越像例行公事。以前“我爱你”说几遍都觉得不够，就像有着说不完的爱，现在巴不得没话题说的时候，说一句“我爱你”，挂断电话。

明明在电话另一边的就是那个人，可你就是能感觉到有一些不一样了，争吵越来越少，感动却也越来越少，只是分开又像缺了些什么。

你一次次地回想起你们之前在一起的日子，说不清是什么时候起开始变的。现在的所有矛盾，都被你用回忆化解，你告诉自己，这只是你们恋爱的一个瓶颈期，过阵子就好了。

她依旧会定时上传照片去你们的相册，照片里的两个人看起来依旧甜蜜。某一天你重新打开这个相册，一张张照片往前翻阅，独自愣了很久。

然后你再也没有打开这个相册，密码一直没变，只是你不想再看了。就算打开了这个相册，你要找的那些东西也已经不在了。

——23岁

突然就迎来了毕业。觉得毕业还遥遥无期的你没能准备好，就不得不迎来你学生时代的最后一个夏天了。

这一年，你经历了更多东西，也许是因为快要步入社会了，你的心里总是提不起劲来。也许也因为太多朋友反目，太多恋人分开，身边这样那样的例子让你触目惊心。

你在校门口见到了她，那一瞬间你觉得你回到了你们刚刚相遇的那一天，一切都没有变。就在你发呆的时候，她拍拍你的肩，问你在想什么呢。你这才发觉时光在你们身上留下的痕迹，虽然谁也看不见，但还是能感觉出时光在你们身上打磨的痕迹，改变了的就是改变了。

你早就不是当年的愣头青，用尽力气借着酒劲才敢表白；她也不再那么青涩，她变得更漂亮了，更加懂事了，可是你越发看不清她的眼神。其实她又何尝不是这样呢？她还是会乘一个多小时的公车到你这里，可是心里的期待变得越来越少。前阵子你的生日，她居然没能一下子想起来，等看到手机上显示的你的生日提醒，才猛然醒悟。

后来，她想起来曾经有一天你说："其实我们这么几年走过来，爱不爱已经不是那么重要了。"她不知道为什么把当时你半开玩笑的话记得那么清楚，她明知道在当时的语境里你要表达的不是这个意思，可她就是止不住地反复回想着这句话。

突然你们都迷茫了，对于你们的未来，也对于你们的感情。终于你还是对她说：“不如，我们分开一阵子吧。”她看着你说：“嗯，这样也好。”于是你们在学校拍下了最后一张合影，讽刺的是，照片中的你们一如既往地恩爱和甜蜜。

那天你回宿舍之后，还是忍不住哭了。哭过之后，你不知道哭的是你们的感情，还是那个已经远去的自己。

还是在这一年，许久没有联系的死党突然联系你，他说他现在正在机场，马上要赶往日本了。你笑着敷衍他说很好啊。挂上电话你怅然若失，最后站在你最想去的地方的那个人，不是你。

——24岁

虽然只过去了一年，你却觉得自己的成长从没有这么迅速过。

突然就沉淀下来了，对于那个离开你的人再也没有爱意或者恨意了。

好像不会谈恋爱了，生活平静却也不会觉得无聊，生活每天这么重复单一地进行着，却也能学会一个人安静地生活了。你不再是那个觉得孤单是可耻的人了，反而觉得孤单也挺好的。虽然很忙不能去很多地方，倒也觉得自在。

你还是会很迷茫，可是不那么烦躁了。一个人的生活习惯了就感觉很好，也还是会孤单想要一个依靠，可是总会对自己说没关系，努力过好每一天就好了。还是会想起曾经陪伴你的那个她，但也不再那么执着地想要知道她最近的生活了。过去了就是过去了，那些爱过的人把那些放在心底，回头看看的时候，居然学会了一笑了之。

两个人，能遇见不容易。分开了，也应该心存感激。

爸妈在这一年毫无例外地催你去恋爱，你对他们说再等等，再等等。

——25岁

25 岁这一年，你在常去的咖啡厅偶然遇到你的前女友，你发现她变得更加动人、更加成熟，但已经不再是你喜欢的那个她了。

你终于见到了她现在的男友，原来对方并不很起眼。你看到她现在过得挺好，心里也没有丝毫涟漪，反而替她高兴。你终于明白原来一直以来你太把自己当回事儿，其实你离开了，她也能过得很好。

总是在懵懵懂懂的时候遇见一个人，然后为了她，“犯贱”很多年。时间过去了，回头看看，其实只是你固执地在爱她。

她笑着看看你，问起你怎么开始喝咖啡了，以前不是从来不喝咖啡的吗。你对她说，这么久也该换换口味了，现在觉得咖啡挺适合自己的。她看着你笑出声来，你也看着她笑着。她介绍完现在的男朋友，转身走出了咖啡厅，你们都没有想到要问对方联系方式。

终于这一年你在职场上得心应手，你成了你想成为的那种人，坐在办公室里的你居然忘记了出汗的感觉。

你们的青春就这样被生活给湮没了，然后偶尔在夜深人静的时候，你还能想起在寝室里互相斗嘴，叫室友帮你点名帮你带饭，经常逃课黑白颠倒，浪费着爸妈的钱喊着钱不够用的那些日子。你也还能清晰地想起对她表白的那个夏天，你觉得那时候的你真傻，可是又傻得很值得。

然后你突然笑出声来，那个戴着耳机追赶自由的年代居然这么像一个幻觉。

终于你发现，那个敢爱敢恨的你就这么死在那个夏天里了。可似乎也就这样了，没有什么可惜的，也许成长的最终结果就是沉淀，最终变为平静。就像是陈信宏歌里唱的那句：“青春是手牵手坐上了不回头的火车，总有一天我们都老了，不会遗憾就

OK了。”

正是一路上失去的太多，才会更加珍惜现在的所得。正是因为经历了这些，走过了这样的一段青春，才能真正成长、成熟，不再不安，不再患得患失，变成一个更好的人。

也许终有一天我们都会发现，我们怀念的，不过是当初的自己。那些回忆起来觉得无比美好的，在当时经历的时候一样是痛苦的，只是回忆起来，我们都把那些美化了。

有些人遇见然后告别，就是你们相遇的全部意义。也许她只留给了你一个侧影，也许她陪伴你度过了一个青春，就是因为有了这些，回忆起来才会有温暖自己前进的动力。

也许很久以后你再遇到她的时候，会对她说：“谢谢你，陪我走过一段很美好的时光。”

“虽然我们没能一起走到最后，但这样也挺好。”

background music——James Blunt *You Are Beautiful*

只是缺少一个认真的告别

在那些没有结局的故事里，
好像都少了一个很认真的告别，
少了一句郑重其事的“再见”。
要想把回忆放在一个恰当的位置并不难，
难的只是缺少一个认真的告别。

（一）

小时候是对着电风扇张大嘴“啊——”听颤音，小时候是转伞看雨点从伞边滑落，小时候是放学途中跟伙伴们把石块儿当足球踢。

小时候是家里旁边的小巷子，小时候是家人坐在庭院里吃西瓜，小时候是《数码宝贝》《灌篮高手》和小叮当，小时候是爸妈骗你说你是垃圾桶捡来的让你难过不已。

小时候是天亮了起床，从家里出发，泛着大雾的城市还没有苏醒，伙伴在路口等我，从不迟到。还没近视的我边走路边看着昨晚买来的漫画书，伙伴们在一旁说着昨晚看的动画。不一会儿，书包里的书本让我觉得肩膀酸痛，好在校门就在不远处。

上课不会觉得很无聊，虽然数字和英语让我无趣，但除了为数不多的作业以外，也没有其他负担。下课是死党最爱扮演武侠电视剧里的大侠，我只好做被惩奸除恶的角色。而我最喜欢收集《水浒》卡片，一百单八将当时能倒背如流，只是现在都不记得了。

放学回家的小巷子总是暖色调，夕阳把影子拉得老长。我们总在这里驻足，玩得满头大汗，书包上布满灰尘，才意犹未尽地回家。那时，我觉得，友情是一条看不到头的边际线，可以延伸到到不了的尽头。

（二）

大了一些起得更早了，天不亮就起床，看着最后一点儿月光被黎明散去，背上沉得多的书包，骑上自行车赶去学校。穿过常去的小店，经过一个十字路口，一转弯就到了学校。把车停好，揉揉被风吹得有点儿冰冷的双手，急匆匆地上楼赶去教室，没想到还是被班主任先行一步。

早读下课后趴在桌子上小睡一会儿，醒过来发现阳光已经透进了教室，洒在我的座位上。早上的阳光很温柔，好像一伸手就能握紧它。

下雨的时候，其实特别适合安静。听着雨点一点点打在玻璃上，下课后我们走到阳台上，谁也不说话。城市只有雨点的声音，伴随着下雨特有的味道，让你觉得这个城市像换了一个模样。冬天的雨，比起夏天来更加柔和，它没有那么剧烈，不会打扰你。

那时候近视了，上课总要眯着眼睛才能看清楚老师写的字。同桌总是善意地提醒我黑板上写的是什么，坐在前面的人却总是阻挡我们的视线。白炽灯偶尔会一闪一闪，伴随着灯泡即将休业前特有的声音。下过雨之后的外面，总能传来一阵阵微风。有风的时候，总能听到书被风吹起的声音，一阵又一阵。

经过不算漫长的长廊，转弯再转弯，就能到她的班级。她也在等我，我总是假装忘记带《语文》书去问她借，只是每次从她手里接过书的时候，我常常不知道说什么。那时候不知道什么叫喜欢，但每次看到她的时候，会觉得这是我一天里最开心的事情。

（三）

再大一些的时候，起得更早了。即使是夏天，天空也只是刚从睡梦中醒来。奶奶每天早起为我做饭，妈妈则不停催促我怕我迟到。上课变得无聊又漫长，物理老师写着复杂的公式，英语老师纠正着我们的发音，而我推了推眼镜掐着自己的胳膊，以免在课上睡着。

下课的时候，大多坐在座位上准备下节课，或者抓紧时间写作业。很少有人会去外面的走廊里，即使今天的阳光是金黄色的。午饭的时候，拼命抢在低年级同学的前面。下雨的时候，依旧适合安静，窗外的蝉此刻也不见了踪影，空气不再是静止的，让我觉得很熟悉。城市依旧有它特有的下雨的声音，和下雨特有的味道。

只是夏天的雨，来得快去得也快。太阳从云层里透进窗户，我只好撕了几张报纸贴在窗户上来阻挡阳光。于是我心满意足地继续投入紧凑的课业中，直到手写酸了，才停下来甩甩手休息一下。

课桌里塞满了书和试卷，再也没有地方放漫画，伙伴们聊天的内容变成了一道道化学习题。黑板的另一边贴着倒计时，我们都知道时间不多了。班上的情侣们下课的时候也不再悄悄聚在一起，晚上总跟我发短信煲电话粥的人也约定这个月不再联系。很快，我们都要面对那即将到来的庞然大物。

（四）

小时候的玩伴，在这个夏天给我来信。原来他也搬了一次家，原来他去了城市另一边的高中，还有他跟他最喜欢的女生分开了。只是那时总没有时间回信，等到有一天我想起来要回信的时候，信已经不见了，也许它跟桌底那些泛黄的照片一样，被我丢了吧。

放假的时候，我特地去问她借书。骑着自行车从南到北，到她家楼下的时候已经气喘吁吁。她问我为什么毕业了还要借这本书，我不讲理地说就是想要借，以后有空了就还你。她双手把书递给我，那一瞬间准备好的台词突然消失得无影无踪。夏天结束后，我们开始新一轮的三年生活，慢慢地联系少了，终于，我们失去联系。

我们应付完了那6月的庞然大物，那天我很早就到了学校，死党们更早，他们在等我。

7月的学校很安静，偶尔能看到一些跟我们一样回来看看的学生。我们有着大把的时间，可以把学校好好逛个遍。那时，操场是小时候常见的暖色调，奇怪的是上学的三年却没能发现这些。我们回以前的教室，按照上课时候的位置坐下，坐在最前面的小胖说，他终于可以在想回头的时候就能回头了。

蝉声越来越响，原来大把大把的时间，突然变得所剩无几。天渐渐黑下去，我们也各自回家了。那是我第一次觉得，友情不是看不到头的边际线，它只是漫长的跑道，终有一天它会到头的。

（五）

这个世界上有很多事是难以说清的，比如天空的颜色和大海的温度，比如夏夜晚风里面刻着的那种感觉，或者是喜欢上突然出现的某个人，然后不知不觉地丢了某个人，比如一个人穿过几座城市去看一场演唱会，陪着台上的五个人一起淋雨，比如恍然间出现的一些情绪和思念。

错过的一些东西总觉得它们并不是真正地错过了，忘记的那些东西也会觉得它们并不是那样就消失了，它们就像变成了音符融化在我的生命里，等待着一个时间点，自己会突然想起来那些忘记的事情，然后终于笃定地对自己说，没错，就是因为那些事情，自己才渐渐地变成了现在的自己。

每个人都会有回忆，也有遗憾。在那些没有结局的故事里，似乎总少了一个像煞有介事的告别。或许还会想着“如果当初……”，如果当初我没有搬家，如果当初我勇敢一点儿，如果当初高考前能再努力一点儿，或许我不会跟小时候的玩伴失去联系，或许我会跟她肩并肩坐着分享人生。

只是我想，没有经历那些“如果”也没关系。失去的未必真的失去了，得到的也未必永远都是你的。

我想要重新跟记忆里的那些错过的人很认真地告别，尽管我早就已经把你们从生活中弄丢了。

愿那些错过的人，经历了颠沛流离之后，还能再度相逢；
愿我们没能实现的梦想，在最无助难过的时候，开出最灿烂的花来。

愿那些没能珍惜的青春和回忆，在经历了成长的阵痛之后，能在心底认真而又平静地告别。

是的，我们都不再青春了，连同我们的偶像都一起老了，但只要信念还在，那就不会怎么样。

background music——Angela Ammons
Always Getting Over You

不靠谱和很安稳

与其担心未来，
不如现在就好好努力。
在这条路上，
只有奋斗才能给你安全感。
不要轻易把梦想寄托在某个人身上，
也不要太在乎身旁的耳语，
因为未来是你自己的，
只有自己才能给自己最大的安全感。
别忘了答应自己要做的事情，
别忘了自己想去的地方。
不管那有多难，
有多远，
有多“不靠谱”。

（一）

我有个朋友，他恋爱谈了七年还是分手了。那阵子他看起来跟个没事人一样，我们都以为他没那么在意，结果有一天他喝醉了，莫名地哭了很久。第二天他醒过来，对我说了一句特文艺的话："其实在这个世界上，没有一份感情不是千疮百孔的。"

行走世间，全是妖怪。

记得之前"人人"上这篇日志很红，里面的内容我已忘记了大半，却对这句话记忆深刻。后来我在文里写，青春的另外一个名字叫作徒劳。这样的一种徒劳无功，在于你无论怎么过，是挥霍还是珍惜，等到以后你回想起来，都会觉得不够好。就像你很喜欢一个人，却明明知道你们不可能走到最后，最可怕的就是你明明知道这一点，却没办法改变它。

我曾经和我妈讨论过这个问题，她说明明不可能在一起还要谈恋爱，这样就是一种不靠谱。我说，没关系，现在我哪怕跌倒了也还能爬起来。

（二）

然姐今天突然跟我聊起天来，她问我："你将来是会选择一个你喜欢的，还是一个喜欢你的？"我想了很久，始终不知道应该怎么回答她。我本以为按照我的个性，一定会说选择一个我喜欢的，再加上一句"我从不怕爱错，只怕没爱过"之类的文艺的话。

没想到，我踌躇了。

选择一个我喜欢的怕受伤，怕不靠谱；选择一个喜欢我的很安稳，却又怕自己不甘心。

她说年龄已经摆在那里了，拖不起了，还是选择一个喜欢自己的，也许会比较幸福一点儿。她说，以前对她来说，梦想比什么都重要，一心就想读研，现在却什么都不想了，只想早点儿回家，一点儿也不想累，不想做个女强人，想随便找份稳定的工作，嫁个稳定的老公，有个稳定的家庭，就这么算了。

（三）

第一本书出版以后我就常常接到各方面的留言，问题不外乎怎么摆脱寂寞，怎么把握未来，怎么看待梦想，往往我都不知道怎么回答他们。直到元旦那天，凌晨四点了我还在赶稿子，合上电脑的我睡眼惺忪却突然明白了：那些喜欢你的总有一天会不喜欢你，那些你抓紧的总有一天会抓不住，那些你想实现的梦想也许根本实现不了，那些曾经以为无比重要的总有一天会变成不重要。

不过这些其实都没什么，很多年后，当你再次回想起来，唯一让你觉得真实和骄傲的，是你昂首挺胸用力走过的人生。

我也许从来就摆脱不了所谓的寂寞，也看不清所谓的未来，也道不明为什么要这么努力去实现梦想，可是我依旧在做。好比如果在开始的时候就告诉你和她的结局，你会说没关系我知道啊，我还是爱她，还是会转身离去。只要是我，一定还会去喜欢她，仅此而已。

我宁愿让别人觉得我是变形金刚百毒不侵、面面俱到不知疲倦，我也不要让别人看到我难过疲倦、跌倒失落。我不喜欢去抱怨，因为我知道没人喜欢听抱怨。

（四）

老妈至今还用玩笑的语气说我："你看看你，谈不靠谱的恋爱，写没人看的书，去没人知道的地方，真是不靠谱。"他们总觉得我现在这样太辛苦，每天日夜颠倒，想把我弄到家附近的单位工作。其实我不是没想过，回来离家又近又方便，而且挣钱也不会少，可我还是拒绝了。没错，也许写书是挺不靠谱的，但是我觉得没什么。写作就是写作的回报，画画就是画画的回报，唱歌就是唱歌的回报。如果人真的能做自己喜欢的事情，谁说这不是一种回报呢。

有时间我就每天花两小时看书，没时间就睡前看二十分钟，周末的话可以看完整本书。做论题一遍做不好我就做两遍，文稿要求我写一万字我就写两万字然后删。写出一篇好文是运气，如果一个人一直在写的话，那就是靠努力。更多时候，世界对你的态度取决于你对世界的态度，没什么好抱怨的。

其实这都没什么，我有个朋友每天晚上八点必须看部电影，然后喝点儿红酒伪小清新，然后十一点准时睡觉。住在楼上的小伙天天早上五点就起床跑步，而我那个时候往往还没睡。

我们都会找到属于自己的生活节奏，然后沉溺于其中无法自拔。

（五）

我不知道是不是还有很多人面临像我这样的选择。其实大多数时候，不管我们选择不靠谱还是很安稳，我们都面临一个很重要的问题，这个问题归根结底就是三个字——安全感。

后来我才想明白，与其担心未来，不如现在好好努力。这条路上，只有奋斗才能给你安全感。不要轻易把梦想寄托在某个人身上，也不要太在乎身旁的耳语，因为未来是你自己的，只有你自己能给自己最大的安全感。别忘了答应自己要做的事情，别忘了自己想去的地方，不管那有多难，有多远，有多“不靠谱”。

当你犹豫的时候，这个世界就很大；当你勇敢地踏出第一步的时候，这个世界就很小。等到有一天你变成了你喜欢的自己的时候，谁还会质疑你的选择不靠谱呢？你已经变成更好的你了，一定会遇到更好的人的。你是谁，就会遇到谁。

重要的是，不管做怎样的选择，都要对得起自己的内心。就像上面写的一样：很多年后，当你再次回想起来，唯一让你觉得真实和骄傲的，是你昂首挺胸用力走过的人生。

background music——Coldplay *Yellow* 𝄞

愿漂泊的人，
能早日不再漂泊

愿有人陪你颠沛流离

“陪伴”在我生命里是一个很重要的词语，
因为我们生来就是孤独的，
我们会经历一个又一个人，
却不知道谁能留在你的明天里。
其实我们都很清楚这一点，
所以我才很珍惜每一个愿意为我停下脚步的人，
很珍惜那个我可以说
“嘿，接下来的路，一起走一段吧”的人。

一天晚上，我收到朋友的邮件，他问我怎样可以最快地摆脱寂寞。我想了想，不知道怎么回答他，因为我从来没有摆脱过它。我只能去习惯它，就像习惯身体的一部分。

其实漂泊异地的人都挺不容易的，他跟我刚来澳洲的时候一样，朋友少，人生地不熟，每天学校一家，家一学校，两点一线。可是我又觉得这样回答他没有什么用，所以我说：“我们已经走得太远，以至于我们会忘记出发的原因。有时候我觉得生活糟糕得难以继续，却又不得不佩服人们的忍耐力。无论今天多么痛苦难熬，明天都会如约而至。所谓的信念就是，无论今天我多么彷徨迷茫，最终，我都要过上我想要的生活。”

前几天这里下了很大的雨，我一边宅在家里，一边烦恼着各式各样的论题。最开心的时候，还是对着许久不见的朋友吐槽聊天。即使很久没见，也不会感到一点儿生疏，只有这时候才觉得，距离也不是那么重要了。如果有人愿意在你一个人的时候，与你分享你的快乐或者不幸的遭遇，那么即便现在你是一个人，即便你们相隔万里，你也能感觉到你们像在面对面地促膝谈心。

如果有人在你最难过、最美好、最容易被辜负的时光里陪你走过那么一段，陪伴在你的身旁，那么无论将来那个人变成了什么样子，他还是不是你最好的朋友，你都没有办法把这个人割舍下。即便最后分开甚至变成陌生人，也会对他心存感激。因为太多时候，交谈是一种莫大的温暖和美好。

你知道梦想这种东西太过于冷暖自知，太多时候会觉得自己只是在钢索上孤单地前行着，所以才更加明白一句鼓励是多么重要，才更加明白那些愿意陪着你一起做梦的人是多么的难能可贵。

年轻的我们，总是被很多莫名的情绪干扰着，莫名的孤单和烦恼，同时也没那么容易安定下来，所以我们义无反顾地离开家，去追寻自己想要的生活。虽然常常会觉得青春很苦逼、爱情总没结果，可这都是没有办法的事。谁脱下衣服没几条伤疤？谁的过去没几处伤痕？又有谁的青春是安定的？

有时候你需要真正的颠沛流离，那会让你觉出生活的不易和艰辛，那不是自暴自弃，而是一种逐渐成长得到的心平气和。你需要被伤害、被拒绝，才能变得更坚强，更珍惜现在得到的一切。你需要去远方，只带上自己。更多时候，旅行的意义不在于你拍了多少照片，买了多少纪念品，去了哪些地方，而在于你经历了多少疯狂的瞬间，是不是看到了不一样的自己，是否找到了那个你能够分享喜悦和难过的人。

其实伤害也不见得是天大的坏事，重点在于你是不是能够在跌倒之后重新站起来。你是一个怎样的人，不在于你跌倒了多少次，而在于你站起来重新来过多少次。

生活没有那么多原因，也许几年后你回过头来看，才发现自己的改变来源于看似不经意的小事，等到那时候，其实梦想已经握在你手中了，实现不实现，它都在那里，因为你已经找到了最好的自己。就算这个世界真的是一个疯狂世界，就算最后我也只是一个一事无成的我，我也觉得没有什么大不了的。我知道自己努力过，更何况，我真的有感觉到，有这么多人跟我在一起为了各自的梦想努力着。

那天看《玛丽与马克思》，看到最后一段对白，毫无意外地被感动了："我原谅你是因为你不是完人，你并不是完美无瑕而我也一样，人无完人，即便是那些在门外乱扔杂物的人。我年轻时想变成任何一个人，除了自己，伯纳德·哈斯豪夫医生说如果我在一个孤岛上，那么我就要适应一个人生活，只有椰子和我，他说我必须接受我自己，我的缺点和我的全部，我们无法选择自己的缺点，它们也是我们的一部分而我们必须适应它们。然而我们能选择我们的朋友，我很高兴选择了你。每个人的人生就是一条很长的人行道，有的很整洁，而有的像我一样，有裂缝、香蕉皮和烟头，你的人行道像我一样，但是没有我的这么多裂缝。有朝一日，希望你我的人行道会相交在一起，到时候我们可以分享一罐炼乳。你是我最好的朋友。你是我唯一的朋友。”

我把你们的每一句话都记在心里，把你们的每一次鼓励都放进相册里。我把你给我的曾经，往最深的永远延续。我把你们的话变成最动人的音符，陪着我去旅行。生命也许是一场苦难，只是一起品尝苦难的人甜得让我心甘情愿地苦下去。我现在的苦逼、寂寞、难过都会过去的，迟早，所有的故事都会有个美好结局。

愿有人陪你一起颠沛流离，一起走到出头的那天，一起走到你一生那一次发光的那天。

background music——The Cranberries *Never Grow Old*

不要让她忍了你很久，心里一再给你机会，你却始终无动于衷

也许让很多人行走一辈子去寻找的，

不过是这样的一个人：

一个可以随时把他吵醒而不用担心他生气，

一个不管你做了什么，

犯了什么错，

不管你伤心难过，

即使不说话，

也能默默陪在你身边的人。

对于生命中每一个这样的他，

一千一万句感激。

某天你突然想起一个人，这个人曾经让你对明天充满期待，但完全没有出现在你的明天里。怕只怕那个人明明从你的生命里消失了，却把你们的回忆留了下来，然后在无数个夜里，你问自己，到底为什么你还爱着这个给了你一切却又把一切都带走的人。

很久以前你说："我非他不嫁。"很久以后你说："绕了一大圈，我发现也许适合我的另有其人。"慢慢地，你也不再那么执着地等待他了。

你们曾经是所有人眼中的模范情侣，你们的一切都像天造地设，就连那些不经意的巧合也被你们归结成缘分。他在光棍节的时候穿越几个城市来看你，你在情人节前熬几个通宵为他准备惊喜，去见父母的礼物是你们一起挑的，你们一起牵手旅行，一起做了很多很多，可最终你们还是分开了。

刚开始的时候，你们之间一天好几个电话，他总是对你说他爱你，你总是说等年龄到了咱俩就领证去。后来慢慢地，他开始变忙，你开始不耐烦。你受不了他的不在意，总怕自己扯了他的后腿；他开始觉得你啰嗦，觉得你想太多，他觉得你根本不相信他爱你。直到有一天你发现，“你爱他他也爱你”不再是你们之间最重要的筹码，他开始连敷衍都省略，你开始觉得你累了。

你弄不懂事情为什么会变成这个样子，因为当你在看着他眼睛的时候，你可以很确定你看着的是谁；他不明白为什么感情最后落得一个悲剧收场，因为他在说爱你的时候是那么的真心。

可谈恋爱是这世界上最简单也最困难的事。简单在于只要你们相爱，不管你们是谁，不管你们在哪里，不管你们的过去什么样，你们都可以立马开始，谱写属于你们两个的回忆；困难在于两个人相爱很容易，可感情一旦开始了，后面就会越来越难。

他曾经抱着你对他的死党说，这是我的女朋友，她是我的女人。

你曾经搂着他对你的闺密说，这是我的男朋友，什么都不能分开我们。

你为了他拒绝所有的男人靠近，为了他开始练习穿高跟鞋；他为了你不再出去鬼混，不再对着电脑游戏就是半天。你享受着你们的甜蜜时光，他享受着你们相处的每一刻。

可是为什么你们开始争吵，为了一件小事，甚至是为了两个月之前的鸡毛蒜皮。

你想起以前你们在一起的时光，就像黑白默片一样一刻不停地播放。你对自己说那都是过去，可你就是停不下来去想那些。你看着眼前的人，说不出来是哪里变了。

他每次吵架后都觉得很后悔，他知道你需要呵护，他知道自己离不开你，可他就是控制不了自己。他发誓再也不会伤害你了，可是这样的事情不受控制接二连三地不停发生。

他抱紧你，他发自内心地求你原谅，他以为你们还能回到以前，不，他确信，你一定会再给他机会，可最后你们还是分开了。我猜，你觉得再给多少次机会，你们都回不到从前了。

曾经的聊天记录有好几百页，却在一个下午一键删除；曾经的短信一直好好保存着，却在一个晚上全部清空。

有些东西，消失了就是消失了，即使大多数时候你根本说不清这东西是什么。这个世界上，最怕的，是当你最需要爱的时候，你需要的那个人却不在。慢慢地，你觉得，少了他好像自己也能活下去。

女生总是希望被呵护，没有一个女生会对着你的好而厌烦，即使表面上会有些推托。但是她们需要被爱的感觉，你和她在一起，不是只有你爱她就好。不要因为她喜欢你就肆无忌惮，不要因为她依赖你就不去在乎她的感受。因为你不经意造成的伤害，总有一天会让你变成一个可有可无的人。

也许你要做的只是在她难过的时候站在她的身边借她一个肩膀，也许你要做的只是放下手里的活儿给她打一个电话，或者看着她的眼睛，哪怕什么也不说都可以。

最怕的就是她对你说她难过了，她对你说分手了，你却不去安慰她，你却不去抱抱她，而是转过头就走，等到她哭完了你才去挽回的时候，已经来不及了。女生对你说分手，并不是真的要分手，更多时候只是想要一种安慰和一种存在感。也许女生的心思我们一辈子也不可能完全明白，但是至少，她难过的时候一定要在她的身边。

不要让她忍了你很久，心里一再给你机会，你却始终无动于衷。终于有一天，她淡淡地对你说："就这样吧。"然后你整个人都傻掉了，结局的不能挽回就是因为那些不可或缺的关心。

如果她喜欢的你总是觉得无所谓，如果她伤心的时候你总是不在身旁，如果她难过的时候你总是忙着自己的事情，那么慢慢地，你就变成了那个她有着感觉却还是不得不离开的人。

如果你身边有一个人能在你难过的时候陪着你，在你伤心的时候给你个肩膀，那么在放手之前，能抓多紧，就抓多紧。

background music——Eminem *Love The Way You Lie*

你想要的爱情

我有一个奇怪的理论：
这个世界上有两样东西是最难以预计、难以控制的，
一个是股市，
另一个就是感情。
这个世界上一定有跑得赢时差、
撑得过距离的爱情，
只要她相信，
只要你坚持。
同样的，
这个世界上一定也有近在咫尺天天见面却最终分开的爱情。

你永远无法给一份感情下一个定义，
因为在你遇到那份感情之前，
你永远不会知道下一秒谁会出现在拐角，
谁又会离开你的身边。

女性朋友，高中时开始谈恋爱，为了这事儿没少被老师、家长找去谈话。大二快结束时，同学聚会时，她说我们分手了，因为她的初恋男友出了轨，她觉得在这个问题上她永远都不能原谅他。我们在一旁称赞她的当机立断，都说这样子对双方都好。她当即就说以后一定要找一个对她好的，老老实实的。

大三的时候，还真的出现了这么一个人，完全符合她当时列出的条条框框。他追了她好几个月，她还是很犹豫。在我们一帮朋友地劝说以及坚持不懈地怂恿下，她开始了这段感情。有一天，她随口说自己去逛街看中一件衣服，可是当时钱花完了就没买，他就立马拉着她去店里买了那件衣服。情人节的时候，他在她的寝室楼下用玫瑰花摆了个心形，羡煞旁人。还有很多这样的事情，说都说不完。

谁知道没过多久，他们就分手了，男生怎么挽回都挽回不来。我们都责备她为什么这么狠心。她说没办法，跟他在一起很开心，她也努力了，可就是没有谈恋爱的感觉。

我说，这不是你一直想要的爱情吗？他对你好，老老实实，从不拈花惹草，长得也符合你的要求，白白净净、高高瘦瘦的，你怎么又转念觉得这不是你想要的呢？她认真地想了一会儿，对我说："会不会我们想要的爱隋，根本就没有固定的模样？"

另一个跟我同名也叫凯文的朋友，在悉尼，人长得很帅气，性格也不错，换女朋友的速度让我们瞠目结舌。我们问他有没有想过安定下来，他说怎么没想过，只是没遇到那么合适的，然后同我上一个朋友一样，罗列了几点他对女朋友的要求。

后来有一天，他跟我们说他又恋爱了，我们纷纷猜测对象会是谁，半晌他才说那是他在网游里认识的。那时候他们都还没见过面，那个女生在北京，照片看起来也不是他条条框框列出的类型。当时我们就觉得他肯定又不是认真的，包括我在内的几个损友甚至开始打赌，他什么时候会放弃。

谁知没过几个月，他居然跑去北京看她了，还甜甜蜜蜜地上传了照片。如今他们这段恋爱谈了两年多，现在很稳定，双方父母也见过，男生年中就会回国，他们很快就能生活在一起了。

前不久他们两周年纪念日的时候，我们把他灌醉，问他怎么这次就这么铁了心地认定她了。他醉醺醺地说："因为我跟她在一起觉得很轻松，就像不需要努力，她就是我的，根本不会担心她离开。”

我突然意识到，为什么我们一定要为我们的爱情定下那么多条件？你想要的，未必是你需要的。每一件事情都是未知的，更何况爱情？

在你遇到那个人之前，你不会想到你会爱上那样的一个人，在你遇到那份感情之前，你也完全不会想到自己会拥抱这样的一份感情。只有等到你遇到之后，才发现自己之前的论调完全被推翻了。

再说说我最好的死党提米，他是坚决的异地恋反对者，连在同一座城市不同学校的恋爱也不想去谈。因为这两所学校在城市的两端，双休日坐地铁要一个多小时的车程才能到。他怕那种艰辛，也怕激情在旅途中慢慢被磨灭，更害怕爱情有一天变成遗憾。

以前看到一句话，一万个灿烂美好的未来，抵不过一个温暖踏实的现在。你在电话里说的一万句“我爱你”，也抵不上在她宿舍楼下跟她见面五分钟。

最难的，不是异地，是异国。除了距离，还有时差。我们远渡重洋历经千山万水来到这里，这里的黄昏是国内的午后，国内的午夜是这里的凌晨，说大不大说小不小的时差，有时候却很折磨人。她刚忙完回到宿舍，你却已经躺在床上进入梦乡。

异地恋一张车票能解决的问题，异国恋只能用一年一到两次的机票解决。每当看到异地恋抱怨着一个月才能见一次，异国恋只能羡慕不已。

然而即便是提米，也不得不承认，他也在隐隐期待有一个人能跟他谈一次异地恋，然后度过距离和时差的煎熬，最后走到一起。

如果是以前，我听到有关于“异地恋最后一定会分开”的言论，一定会很有同感地点头。现在我也许不会了，异地恋不等同于分手，也有可以坚持下去的。这个世界上一定有跑得赢时差、撑得过距离的爱情，只要她相信，只要你坚持。

同样的，这个世界上一定也有近在咫尺天天见面却最终分开的爱情。

你期待着王子骑士般的爱情，却又羡慕旁人平淡恬静的爱情。你想要《泰坦尼克号》炽热激烈的爱情，却又受不了那样的转瞬即逝。你想恋爱却又怕不自由，你想单身却又怕太孤单。

这世界上从没有一成不变的感情，热烈的爱情也许会归于平静，平静的爱情有一天也许也会热烈灿烂。这世上也没有完美的爱人，只有时间能让他逐渐变得完美，你们会不停地磨合，然后学会包容对方。当有一天你遇到一个看起来完美的人，也许你们并不适合彼此，而当有一天你遇到一个完全意料之外的人的时候，也许他才是你的真命天子。

永远记得，不要去评价别人的感情，因为你看起来艰难的，在他们看起来也许很简单，你看起来不般配的，他们觉得没什么。感情没有所谓的般配不般配，只有适合不适合。不是每个人都能遇到自己想要的那个人，但是每个人都会遇到一个适合自己的人。遇到那个人之后，一切复杂的条件都不再适用，一切喧闹的表面归于沉静，变得简单，变得无法用条件来限定。你无须处心积虑、无须机关算尽来抓紧他，他也不会离开你的身边。

爱情这东西，给它一点儿时间，它就会慢慢变成适合你们的模样。给它一点儿信任，你就能看到它开出绚烂的花来。别再期待爱情，别再畅想爱情，下一个擦肩而过，请给爱一点儿勇气，去遇见爱情。

你可以用全世界所有美好的不美好的词语去定义感情，可实际上一份感情从没有必要去定义。它那么狭小，却又那么宏大。我不笃信星座，是因为我相信，你要真爱一个人，管他什么星座，管他什么模样，管他什么年龄，管他什么性别。

background music——**蔡健雅** *Beautiful Love*

在遇见下一个喜欢你的人之前，最好的办法是保持一段理智的单身

你最终一定会遇到那个让你觉得遇见他，

就是一件被祝福的事的人。

因为你等待着的那个人，

他同样也在经历着很多让人难过的事情并变得更好，

等待着能在最好的状态和最好的时间里遇到最好的你。

给自己也是给对方最好的礼物，

就是变得更好、

更强大、

更温柔。

试想一下，当你饥肠辘辘地走进一家超市的时候，你有很大的可能会选择离你最近的货架上的食品，而不顾它的口味到底如何，相反的，当你有充足的时间并且一点儿也不饿的情况下，你会做出远比之前好的选择。对于感情，也是同样。

另一种可能是，你会挑之前选择过的口味，尽管你知道这口味根本就不适合你，但毕竟是以前尝试过的，也不至于太糟糕，至少在这个光怪陆离什么事情都要斟酌再三的时代里，不必落得一个食物中毒的悲惨下场。这就是前度。

——前度

EX，是每个恋爱超过两次的人必须面对的话题。

“你们分手了吗？”

“嗯……算是吧。”

“什么叫算是吧？”

“就是他现在对我……还是挺好的。”

朋友分手时，我们总能冒出一堆大道理，类似“分手了就别留恋了”“分手了就分得干干净净”的话想必我们也说了不少，但事情发生在自己身上时，往往就是另外一回事了：

你的前女友说有事要你帮忙，只要不是很麻烦的事，我想大多数人还是会去帮忙的。你的前男友给你发短信说今天突然想你，想请你吃个饭，然后你犹豫一下就赴约了，消磨时间，顺带说不定还滚了个床单。

我们犯的一大错误，就是分手后还留恋从前。

是的，现在你们的状态可能感觉更好，谁都不用负责任，他不辞辛苦到你家给你修个电器，你可以说只是朋友帮忙，而不用请他吃饭或者充满感激。——本来嘛，这些事情他以前就经常做啊，现在让他帮帮忙也是情理之中的嘛。

如果他是块干柴，那么你的出现正好变成了烈火。再加上因为分手，你们之间的相处更自在，甚至好感度远超之前在一起的时候。

既然你们感觉这么好，当初为什么要分开？

因为大部分情况是，你们已经不再相爱了，你们感觉好也仅限于你们不需要负责任。一旦干柴烈火之后，他又会消失一阵子。你们已经分开的自由度，才是你们感觉更好的原因。——负责任？为什么？现在是普通朋友啊，朋友需要负什么责任？

更残酷的一点是，你们分手之后前度跟你联系不断，而又不提跟你复合，那么很可能是他对你已经没有好感了，但身边一时没有山珍，也没有海味，既然没有更好的，那么找前度也不错。毕竟是前度，已经足够了解，不用那么麻烦重新认识。

所以分手后的第一课，如果你已经确定你们再也回不到从前，那就不要再回想之前的日子了。虽然这会很难，虽然这也会很残忍，但这是你必须做的。

也许分手后的那份关心是真的，甚至于你们之间还有千丝万缕的爱，但那再好也是以前的了。他已经离开了，他已经决定把你们的回忆丢下了，不要再用你们的旧时光一再原谅他。毕竟所谓的旧情复燃，结局很可能只有一个，那就是重蹈覆辙。

——新欢

那么，对于失恋之后的痛苦能有什么好办法呢？

坦白地说，我没有任何好办法。难过是肯定的，怀念也无法避免，然而真正可怕的并不是失恋，而是无法面对那个人离开之后留下的空白。

所以有很多人选择找寻另一个人来填补这空白，只是结局大多是：这个人填补不了那个空白，或者他留下了更多的空白，急忙寻找的新欢大部分变成了替代品，直至分手。

只是，我们一开始就是一个人，为什么有了那个人之后，再也无法忍受一个人的生活了呢？

不要指望所谓的爱情，要指望你自己。指望自己变得足够好，然后遇到一个足够好的人；指望你的个性，然后遇到一个能包容你的人。

前阵子《失恋33天》彻底火了一把，还有再之前的《单身男女》。无数的人都想要在失恋之后遇到一个王小贱，难过的时候能出现一个方启宏。可生活不是电影，生活艰难得多。你失恋难过伤心的时候只能是一个人，别人根本没办法安慰你，你也根本听不进去。

如果让我说，失恋之后难受就难受着，撑过去就好了，大概有很多人会说我残忍，可这确实是最好的办法。因为当你期望能出现一个王小贱的时候，你错失了让你成长的最好机会，你没能从上一段恋爱中学到任何东西，那么那段恋爱除了一再地被你祭莫，又有什么用呢？

大部分人的感情，身边走了一个又一个，永远无法单身很长一段时间，却又控诉着自己的付出得不到好的结果。只是为什么你的每一段感情都不能善终呢？每次失恋之后，你是不是有所成长呢？

你失恋不是因为你不够好、不够高大、不够帅气，不是因为你不够温柔、不够体贴、不够漂亮，更不是因为你在这段恋情中做错了什么。很多情侣常常吵架又爱又恨可还是得以善终，很多情侣经常做错事惹对方生气可还是天长地久。

这样的一种关系，是你能在这段感情里尽可能地做自己，而不用担心你的明天会没有他。

然而这样的包容，不是那么容易就能学会的，那是在你勇于面对失恋带来的苦楚之后才能学会的。只有这样，你才能学会珍惜，学会包容，学会理解。这世界上本就有超过70亿人，无论哪个统计学家用什么样的数学公式，都能计算出两个不相干的人相遇并且相爱的概率低得可怜，所以如果你喜欢他他却不喜欢你，那也没有什么好难过的。

习惯的人离开了，那就重新培养一种习惯。记忆里的人离开了，那就把他放在心里继续向前。这个世界上不存在能回得去的感情，即使真的回去了，多多少少也会有些改变。如果你们两个真的又在一起了，那也只是你们爱上现在的对方而已。

所以与其沉湎于回忆无法自拔，倒不如把这段回忆暂且放下。与其马上寻找一份新恋情，不如好好面对失恋后带来的空白，试着把感情放在不那么重要的位置。

爱情不是奢侈品，也不是必需品，它是你在人生经历中必须经历的一段。每个人都会遭遇，会得到或者失去，最后我们都会学会沉淀。

——重要的是你是谁

一个人永远不改变的话，她就会遇到相同的事情发生在她的身上，在爱情中尤为如此。

我们常能看到一个女生或者男生在感情上重复犯着同样的错误，让人颇为无奈，最后都是悲剧收场。如果你常去夜店寻找，那么你遇到的对方十有八九是逢场作戏，尽管可能会遇到真爱；如果你常因为寂寞而跟别人谈恋爱，那么你遇到的对方八成也是因为寂寞跟你在一起，过阵子又分开；如果你只是因为想要找个人过日子，想有个人在意你，那么你遇到的对方大抵也是如此，你们的日子除了将就还是将就。

同样的，如果你不能接受自己的缺点，那么对方也很难接受你的缺点，因为你在他面前亦步亦趋，小心翼翼。如果你每次挂上电话之后都会担心没有明天，那么你们的感情很可能没有明天，因为你们都没有十足的安全感。当你在怀疑你们的感情是不是有裂痕的时候，你们的感情很可能已经出现了裂痕，而这样的裂痕来源于你们自己。

唯有接受你自己的全部包括那些见不得人的缺点之后，你才会遇到一个让你把全部都展现在他面前仍能够喜欢你接受你的人；唯有你成为自己想拥有的人之后，你才会遇到一个像你的人。

失恋的意义在于成长，在于不让你一而再再而三地重蹈覆辙。成长远比匆匆投入另一个人的怀抱有意义，才不会让你的感情一次次地不得善终。

我们所谓的人生，不过就是取决于我们能遇到什么样的人；我们能遇见什么样的人，不过就是取决于我们是什么样的人。

在遇到下一个喜欢你的人之前，保持一段理智的单身，在对的时间遇到对的人，是一种幸运。这种幸运最需要耐心等待，给未来的那个他最好的礼物，就是变得更好、更温柔、更幸福。

在遇到下一个喜欢你的人之前，先好好喜欢自己，变成最好的自己之后，再遇到最好的那个人。觉得难过的时候，不要去想时间可以倒流之类的话，闭上你的眼睛，聆听你的内心，过去的就让它过去吧。

background music——Maroon 5 *She Will Be Loved* 𝄞

忘掉那些爱情专家和星座指南吧，谁的经验都不要信，谁的道理都不要听

忘掉那些长篇大论，

忽略那些爱情专家，

摒弃那些星座指南吧。

爱情从来就没有公式可循，

有时候想要平平淡淡却变得轰轰烈烈，

有时候不想爱她却变得无法自拔。

给爱情一个机会，

趁你们还年轻；

走过去牵她的手，

趁你们还相爱。

谁的经验都不要信，

听从自己的内心。

（一）

有人说，人一长大，喜欢上一个人的第一反应是害怕。因为你一路披荆斩棘地走过来浑身是伤，已经提不起勇气再走下一段路。

其实说起来，都是怕受伤。

随着成长，我们都变得越来越小心翼翼，总是在身边筑起看不见的高墙，不轻易让人靠近。我们身边也经常上演着这样那样的故事让我们失去勇气，总是有人说：“你们不要在一起，你会受伤的。”“谈恋爱，你可得想好。”“你还相信爱情啊？我这几年的异地恋，这几年的坚守，不还是分手了。”

成长的另一个副作用，就是无论见到谁和谁分开，都不会觉得太奇怪。

我也已经很久没有听到了，两个人结婚的原因是他们互相很喜欢对方。我们在一定时间的交际之后，已经有了固定的交际圈。我知道可以跟谁开玩笑而不必担心他认真，我知道难过的时候可以找谁而不必担心她厌烦，爱情反而变成了极大的冒险。所以，我们变得越来越难以去爱上一个人，然后一再地错过。

我们变得太容易伤害别人，也会轻易地被伤害，因为物质，因为压力，因为成长，因为流离，因为我们生活在一个节奏空前紧凑的时代。这个速食年代，又有多少人愿意把爱情交给时间、交给明天、交给等待呢？于是渐渐地，真爱变成了最大的叛逆。

（二）

朋友曾经问我，爱情的美好是什么。我说，爱情的美好在于它能把两个看似不相干的人，变成一个为了共同未来的存在。而喜欢一个人，就是他让你觉得，遇见他，是一件值得被祝福的事情。

谁也说不清我们这个时代是一个什么样的时代，我们失去了太多太多，太多太多人从身旁离开甚至都来不及告别。然后大多只有在失去以后，才会觉得可惜。

其实我们失去的，不是别的，正是勇气。我们不是没勇气给对方机会，而是没勇气给自己机会。爱不敢用力爱，恨不敢用力恨，错过了又觉得可惜，接受了又怕受伤，畏首畏尾。

然而这世界上你最难抗拒的东西，便是很多人都不再相信的东西：爱情。无论你是否层层防备拒人于千里之外，无论你是否已经下定决心不再接受，无论你是闪闪发光的一个人还是平凡众生中的一员，当爱情袭来的时候，你都无法抗拒它。

你知道，有时候你越是隐藏对一个人的感觉，你陷得越深。

（三）

当你遇到一个人，他让你觉得生活不再那么沉闷，他轻易地走进了你的心里，他把你的生活轨迹一下子全改变了。他愿意在你难过的时候安静地陪在你身边，你开心的时候分享你的喜悦，而你会为了他难过、担心，你觉得遇到他是一件很幸运的事，他会因为你开心而开心，那么请再给你们一次机会，也给自己一次机会。

你知道，人生本来就是一场看不到头的颠沛流离，但因为你遇到了那个人，就觉得时光反复，没有那么漫长。

这样的一个人是有多难得啊。我们要错过多少人，经历了多少人，才能遇到那个让你甘愿陪他一起流离下去的人；又要经历多少错误和挫折，才能在刚好学会珍惜的时候遇到那个人。

所以难道又要这样擦肩而过吗？谁说初恋一定要是第一个人？你穿越茫茫人海遇到他，绝不是为了就这样擦肩而过，你们的相遇不是用来错过的。我们无法决定对方之前遇到了什么人，经历了一份怎样的感情，但是我们可以决定现在牵起对方的手。

（四）

`我常说感情和梦想都是过于冷暖自知的东西，因为这两种东西无论你怎么解释，都无法让别人感同身受。

然而感情这东西跟梦想不同，梦想只要你还有勇气、还有决心，就可以从头再来一次，可是感情不可以。感情稍纵即逝，没了就是没了，像烟火绚烂而又短暂，更多时候即使你还爱着那个人，甚至说你们还相爱着，但是你们谁也回不去了。所以在拥有的时候，一定要拼命珍惜。

珍惜你们在一起的时光，哪怕知道将来有一天会分开；珍惜你们共同的梦想，哪怕梦想遥远到照不进你们的生活里。你无法拥有对方的过去，但是你拥有对方的现在。延长感情保质期的最好方法，永远是共同拥有。

每个正牵着你身旁那个人的手的你，你们的相遇，是这世界上莫大的美好。

趁她还爱你，牵她的手去看她想看的风景，抓紧她去看她想看的电影。她不是你，不可能知道你的想法，所以你爱她就一定要让她知道。对于“女朋友”这种复杂的生物，最好的办法永远是爱她爱她再爱她。

趁你们还相爱，制造一些明亮的回忆，那些到老了回忆起来嘴角都会上扬的回忆。一年有三百六十五天，五十二万五千六百分钟。你不踏出第一步，就永远不会知道下一秒有怎样的美好等着你们。每天的二十四小时，你不知道你会跟谁擦肩而过。所以又何必为每件事情找一个原因呢？你喜欢她、她喜欢你，就足够了。

（五）

忘掉那些长篇大论吧，忘记那些爱情专家和星座指南吧，忘掉那些顾虑吧。有时候你不想陷入一份感情，却拼命地去爱了，有时候你喜欢的明明不是那一型的，可是你无可救药地爱上她了，有时候你也不知道为什么你们相遇时间那么短，他却把你的整个生活吞没了。

说到底，感情就是一个愿赌服输的事情。为了她，你愿意赌，你愿赌服输，所以你也不怕未来有一天真的会失去，你更应该害怕的是错过，是擦肩而过，是没开始就已经失去了。

要记得，你们的相遇不是用来错过的。

用《怦然心动》里的那句话做结尾：有些人浅薄，有些人金玉其外败絮其中。但是总有一天，你会遇到一个绚丽的人，她会让你觉得之前遇到的人都是浮云。

background music　　Kimberley《爱你》

如果离别无法避免，
那最好的办法就是让自己变得更强大，
能够从容地面对离别

我希望你能从容面对命运的节点，
笑着看待离别，
对陪伴过你的人都能心存感激；
我希望你能经受住所有的物是人非，
然后依旧故我，
从而找到那些真正珍贵的东西。
那些东西，
是需要你用心去看、用心去寻找的。

我希望你坚信自己的梦想，
只因为梦想是这世界上最珍贵的东西。
只要你愿意梦，
就一定有人愿意陪你等到梦想实现的那一天。

（一）考试加油！

6月是一个承担太多太多的时节，毕业季，分手季，无数大学生各奔东西，步入社会摸爬滚打，而坐在教室里的你们也迎来了自己人生中极其重要的一刻——高考。

坐在闷热的教室里，天气闷热得可怕，有时暴雨又来得很突然，明明是下午的天空，昏暗得跟晚上没有什么两样。而这些都与你没有太大关系，因为你正在把自己奉献给做不完的习题、背不完的单词、认不全的古文，还有不明所以的数学公式。听着老师在黑板上写板书的声音，你抬起头极力地想要认清黑板上的字，身前是已经堆成小山的课本和复印讲义，想着考完试以后一定要去没人的大街狂奔，在马路上躺成“大”字形，把书和习题簿都撕掉，还要在高考完对那个人说出一句藏了许久的“我喜欢你”。

可是高考结束的那个暑假，我想做的事情大多没有做成。书和笔记被我妈好好地放了起来，虽然我知道以后我再也不会去翻开它们。我也始终没有对我喜欢的人说出那句“我喜欢你”，在同学录上，她很认真地写着：谢谢有你这个朋友，我会想念你。

直到有一天同学录被我弄丢了，网上聊天的次数也越来越少，我才发现有些东西已经不见了。

有些事情，总要回忆起来才能渐渐变清晰。终于我明白，原来比起考试来，有很多东西重要得多，比如一起走过的高三时光，陪你一起疯一起梦的人，以及那个努力而又沉寂的我自己。就好像我怀念的也许不是高考，而是那些充满希望的日子。现在的我再也不会跟同桌为一道题争论得面红耳赤，更不用担心坐在教室的角落里偷偷发短信被老师发现了。

那时候会那么害怕考试，大概是因为我讨厌那个面对考试而焦虑和自卑的自己。不过回过头来想，其实当时我做得还不错，只是经历的时候，我把考试想得过于可怕了。

然而这种充满竞争和压力的考试制度，是我们现阶段所拥有的相对最公平的制度。不管你之前的人生如何，是被公认的坏学生还是老师眼中的好孩子，你都可以通过这样的考试，进入你想去的大学。

现在还是经常会想，如果我当时多考了一分或者少考了一分，我现在应该会在完全不同的地方吧。我大概就不会是现在的我了，我也不会遇到一路上遇到的那么多人。所以，高考就是大多数另一段人生的起点。

虽然想起来是那么阴差阳错，可这是实实在在的高考的魅力。

所以与其担心你即将面对的考试，倒不如安下心来好好努力。为了你接下来的日子，为了你的未来、你的明天，在这一次，为自己好好地努力疯狂一把，为自己打开下一段命运的起点。

你考试那天的天气会怎么样？会不会一如既往地下雨呢？我只是想要暗自为你们祈祷着那天不要太热。不管你之前的成绩怎么样，不管你在别人的眼里是好是坏，不管你现在是不是在书桌前背着你最头疼的物理，你都要记得有人在这里对你说："不能怕。"

前两天在看《龙樱》，写里面的一句话给你们：回想起那些被人当笨蛋的日子，然后在考试中把它彻底地粉碎掉。

有些东西你要相信它才会存在，你要相信自己，要相信奇迹，不必感伤不必害怕，因为你就是那个奇迹。只有相信奇迹的人，奇迹才会选择你。

你要坚信自己是块金子，一定会发光的，走过了那些最难熬的日子，经历了高考的你，会在未来遇到最好的自己。

Hey，趁现在，去告诉那个对你很重要的，那个即将高考的，那个说好要跟你一起去某个城市的人，告诉她，不能怕，不管结局怎么样，至少我们都努力过。不管未来去哪里，至少我们现在在一起。

加油！我等你的好消息：）

（二）毕业不万岁！

当初的同学在哪里呢？在应酬？在睡觉？在微博？还是再也联系不到？而你呢，是不是经过了太漫长的等待，想象中的日子依旧没有到来，于是你开始怀疑，是不是自己一开始的决定就错了？

这个世界充满太多无奈、太多不确定，猛然回头才发现，时间飞逝得如此之快。

生活越来越像黑色幽默，不让你懂的时候你偏想懂，等到你懂的时候却又想什么都不懂；你应该享受没长大的时光的时候你拼命地想长大，等到长大了又恨不得制造时光机器回到过去。

慢慢地计划始终没有实现，你说你在最后一年一定要好好学习，可还是把时间献给了游戏和发呆；你说要好好地谈次恋爱，可还是轻易地开始轻易地结束；你走在奔三的路上，却还总觉得毕业遥遥无期，结果时间狠狠给了你一耳光。

时间这东西，为什么能流逝得这么快，让多少人措手不及？

各种恋情，时间过了，淡了，相爱的人也就要散了。毕业那天一起失恋，其实你心里比谁都清楚，分离就代表着分手。终于走到了这时间的尽头，结局终究还是逃不过分手。曾经一起逃离去的海边，曾经一起走过的林荫小道，曾经在黑夜中牵起彼此的手，曾经在小巷里的拥吻，曾经一起淋雨的那个夜晚，曾经的一次次争吵然后一次次原谅，都变成了再也回不去的回忆。

你和她有着怎样轰轰烈烈的曾经，在这个时候都无所谓了。

你和她，在校门口拍下最后一张合照，然后忍着眼泪跟她轻轻说了一句“再见”，也许就是永别了。然后有一天听到五月天的《突然好想你》，想起她，想起曾经，想知道她过得好不好，鼓起勇气翻出了她的号码，却始终按不下通话键。

原来，错过了就是错过了，想起了就想起吧，仅此而已。到最后，我们不过是把回忆放在心的角落里，然后被现实的琐屑给压住。

舍友死党帮你占座，帮你逃课，上课的时候悄悄发短信给你说下课前要点名，让你赶快回来。宿舍里一起打牌一起抽烟，或者就是一起去包夜，一起看美女，一起吃饭，一起喝酒。接触的时间长了，所有的人都不像刚认识时的一本正经，你知道这是因为你们变成了很好的朋友。他能看到你的每一面，开心难过，干净邋遢，偶尔借着夜色，你们还会聊起未来，说起你要跟你爱的姑娘游遍世界，他要带着他的理想去北京闯荡。

只是说完了一阵沉默，因为你知道将来你们很有可能不会在一个城市。

终于还是到了分别的时候，不管你是四年的友情还是三年的友情，都面临分崩离析。你要去南京，他要去北京。在最后一次饭桌上，尽是不舍，喝得醉醺醺拉着死党的手说“臭小子，将来结婚一定要让你当伴郎”。第二天一早，你忍着头痛送兄弟去车站，挥手的时候憋得慌，可是告诉自己一定要忍住眼泪。在回家的车上，手机一次次地响着，看到兄弟发来的一条条短信，终于还是忍不住哭出声来。太久没有哭了，要哭就哭个够吧。

然后有些人，总是会慢慢地淡出你的世界，慢慢地走进你的记忆角落里。

再见，记忆里那个我爱过的姑娘，再见，记忆里那个真诚而又二逼的少年。

很多人宁愿找些陌生人或者不熟悉的人聊天，也不愿意和以前的好朋友聊天。虽然曾经彼此很熟悉，但是现在多了一层隔阂。偶尔见面，只剩下一个简单的“最近好吗？”“嗯，还好，就那样”，然后就没有下文了。你害怕的是，有一天你引以为傲的友情变得陌生，所以宁可不联系，至少回忆里还能保持以前的模样。

尽管我们会在同学录上写下“友谊不会离开”之类的话，可若干年后，翻开同学录，似乎都想不起来写这些的人是个什么模样。能够坚持联系并且不变得陌生的，那就是你的人生知己，但这样的人，往往少得可怜。

毕业不万岁！现在回想起来，当时憧憬着的毕业真是可恶至极，可是生活依旧在继续，它不会在乎你是谁，更不会在乎你的心情。

后来我想，如果活着不多不少，幸福刚好够用的话，那么在将来还有很多幸福等着我吧。

虽然随着毕业，我们的人生或多或少都发生了改变。也许我们都开始变得很忙，无暇顾及；也许我们偶尔记起，却苦于失去了联系。那么在想起曾经的好友和岁月的时候，还能嘴角上扬微笑就好。

哪怕我们的未来看起来暗淡无光，哪怕我们的未来看起来没有交集，至少我们一同拥有温暖的过去。如果经历了这些，我们还能是无话不说的好朋友，那么我想，只要有一个这样的人，就不会让我觉得遗憾了。

我希望我们的友情可以永远不变，十年二十年回忆起来，依旧能共同分享说不出的美好。只愿很久以后回想起这些日子的时候，身边站着你们，我的好朋友，还能如往常打屁聊天。

希望我们都不辜负那段时光和岁月。

送首《干杯》给你们：

会不会 有一天 时间真的能倒退
退回 你的我的 回不去的 悠悠的岁月
也许会 有一天 世界真的有终点
也要和你举起回忆酿的甜 和你再干一杯

如果说 要我选出 代表青春 那个画面
浮现了 那滴眼泪 那片蓝天 那年毕业
想起来 可爱可怜 可歌可泣 可是多怀念
怀念总是 突然怀念 不谈条件
当回忆 冲破考卷 冲出岁月 在我眼前
我和你 流着汗水 喝着汽水 在操场边
说好了 无论如何 一起走到 未来的世界
现在就是 那个未来 那个世界
为什么 你的身边 我的身边 不是同一边
友情曾像 挪亚方舟 坚强誓言

只是我 望着海面 等着永远 模糊了视线
会不会 有一天 时间真的能倒退
退回 你的我的 回不去的 悠悠的岁月
也许会 有一天 世界真的有终点
也要和你举起回忆酿的甜 和你再干一杯

这些年 买了四轮 买了手表 买了单眼
却发现 追不到的 停不了的 还是那些
人生是 只有认命 只能宿命 只好宿醉
只剩下 高的笑点 低的哭点 却没成熟点
成熟就是 幻想幻灭 一场磨炼
为什么 只有梦想 越磨越小 小到不见
有时候 好想流泪 好想流泪 却没眼泪
期待会 你会不会 他会不会 开个同学会
他在等你 你在等我 我在等谁
又是谁 孩子没睡 电话没电 心情没准备
天空不断 黑了又亮 亮了又黑
那光阴 沧海桑田 远走高飞 再没力气追
会不会 有一天 时间真的能倒退
退回 你的我的 回不去的 悠悠的岁月
也许会 有一天 世界真的有终点
也要和你举起回忆酿的甜 和你再干一杯

会不会 有一天 时间真的能倒退
退回 你的我的 回不去的 悠悠的岁月

也许会 有一天 世界真的有终点
也要和你举起回忆酿的甜 和你再干一杯
终究会 有一天 我们都变成昨天
是你 陪我走过 一生一回 匆匆的人间
有一天 就是今天 今天就是有一天
说出一直没说 对你的感谢 和你再干一杯
再干一杯永远 喝了就能万岁 岁岁和年年
时间都停了 他们都回来了
怀念的人啊 等你的来到
时间都停了 他们都回来了
怀念的人啊 等你的来到

background music——**张震岳《我会想念你》**

最不能勉强的，莫过于感情

生活不是电影，

生活更艰难，

你的生活不会只遇到那么几个人，

也不可能那么容易分辨出他是龙套还是主角，

更不可能轻易抽身而退。

所以当你喜欢上一个人的时候，

不妨勇敢地告诉他。

但是当他一再表明你们不能在一起的时候，

就不要再勉强了。

在你的世界里找一个对手戏演员，

远比自己演一出独角戏更有意义。

4月的时候，我在公共主页里发了一个状态，大意是说：青春一定要浪费在美好的事物上，体重一定要浪费在美味的食物上，爱情一定要浪费在你爱的人身上。

今天我收到一条私信，有人问我："我跟那个人已经不可能在一起了，但是我又不甘心放弃他，我想要对他好，然后让他有一天发现，我才是最好的那个人。这样是不是就是你说的爱情一定要浪费在你爱的人身上？"我回复她说："你表白了吗？他说什么？"

她半晌才回了一句说："他说他不喜欢我，我们是不可能的。"

恰巧我身边就有类似的例子，一个姑娘很喜欢我的一个哥们儿，可是我哥们儿怎么也喜欢不上她。她是一个特别冷感的人，对我哥们却是出奇地好，不管是送早餐，还是每天说晚安，还是其他一些“俗套”的事情，只要她认为能够感动他的事情，她就一定会做。直到前不久，她找到我说，她要把自己想说的话全部写下来，然后折成心形送给他。

我当时对她说，最好不要这样做。她一脸疑惑地看着我，她觉得我这么一个爱情存在论者一定会支持她。我对她说：“我相信爱情，但我更清楚不是每段感情都能被定义成爱情。没有回应的爱情，那不是爱情，只是单方面的付出。所谓的爱情，一定是双方面的，它不一定平等，但一定会有回应。我主张勇敢地去追寻，去相信，但我不支持单方面的感情。”

的确，能遇到一个让自己动心的人不容易，错过了实在太可惜。但你既然已经跟他表明你的心意了，他也很明确地告诉你不可能了，一次两次，那也就够了。你既然勇敢地告诉他了，也就没有什么可惜不可惜的了。

如果你从一开始就抱着我们不一定要在一起的心态，默默地付出，那么这样的暗恋的确很美好。如果你一定要弄得惊天动地，让全世界都知道你爱他，非逼着他一次次地做决定，这样只会变得越来越糟。

然而她还是做了，义无反顾。

结果也很明显，她失败了，又一次。在很多朋友都鼓励她继续努力的时候，我觉得这样下去已经没有意义了。

姑娘，你表白失败了一次，失败了两次，那你们其实已经没有希望了。无论他是怎么说的，没有感觉就是没有感觉。行走在这个世上，谁没喜欢过几个不可能在一起的人？谁没被几个不喜欢的人喜欢？然而无论是喜欢一个没结果的人，还是被一个不喜欢的人喜欢，都会是一种困扰。

我那哥们儿有一天对我说，没有感觉就是没有感觉，如果我稍微心软一下，那么她一定就会更加坚持，结果一而再再而三地受伤害，还不如让她觉得我铁石心肠，然后忘了我，找到下一个人。

我并不是想为我哥们儿开脱一些什么，我只是想说："这个世界上，最不能勉强的，莫过于感情。"

当你付出太多的时候，你就无法自拔了。你割舍不下的，已经不是你喜欢的那个人了，而是那个默默付出的自己。当你惊叹于自己的付出的时候，你爱上的人，其实只是现在的自己。到最后，在这场独角戏里，感动的人，只有你自己。

所谓的真心实意，义无反顾，坚持不懈，所谓的毫无保留的关心，只有用在对的人身上才能体现价值，否则，它一无是处，还会令人厌恶；只有用在对的人身上，才能是一种喜欢、一种坚持、一种感觉，否则，只是徒增困扰。

我知道有很多人也像我朋友那样，付出着，不撞南墙绝不回头。这很好，这是青春里的必修课。重要的是，你必须学会有一天自己走掉，不再回头看，不再留恋，不再因为这些停下自己成长的脚步。

希望大家在为了那个人付出的时候，千万不要太勉强，更不要失去自尊，这样会让双方都很累，甚至徒生厌恶。全世界只有一个你，对自己好一点儿。如果他不曾把你当作全世界，至少你自己要对得起你自己。

不管再怎么爱一个人，都要守得住自己的底线。不要做任何人的备胎，要做就做方向盘。

最后想要对我的那个朋友说，不要再这么一而再再而三地伤害着自己，无论你做什么，在他的眼里都跟无理取闹没什么两样。你前两天来找我哭诉的时候，控诉着他为什么那么铁石心肠。其实我想告诉你，就算你最后心都在滴血了，那也是没有办法的。我想，你也被一个你不喜欢的人喜欢过、表白过，那你就会明白那种拒绝的心情，你也会明白只有拒绝才是最好的回应。

你一个人在你的世界里爱得轰轰烈烈，然而这在别人眼里什么都不是，如果你觉得再怎么被伤害、被折磨，你也无所谓，你也照样觉得这样的付出很美好，那么没关系，请继续，但是你已经因为他难过得要死要活了，就洒脱点儿，放下对方，也放过自己。

当你坚持下去只感觉到痛苦的时候，就学会自己走掉。毕竟，你活了二十几年，何必为了一个没结果的人委曲求全、糟践自己，对吧？

background music——**陈奕迅《K歌之王》**

有些人看起来毫不在乎你，
其实你不知道他忍住了多少次想要联系你的冲动

有些人你从心底根本就不想失去她，

可她偏偏注定跟你渐行渐远，交集越来越少，

即使你们每天见面，

即使你们之间发过五千条短信，

你们之间的距离也缩小不了一厘米。

有些人相隔万里在不同经度都不会有时差，

有些人却注定跟你不在一个频率里。

亲爱的朋友，

愿你能成为自己的依靠，

然后找到跟你相同频率的那个人。

有一天凌晨跟没睡的几个好友在群里聊天，不知怎么的就聊到了EX的话题。群里平时一直话很多属于活跃气氛的男生突然不说话了，等我们快聊完这个话题的时候，他来了一句：“我昨天晚上还梦到她了，她穿的还是我送给她的蓝裙子，她对我说她想要再抱抱我，然后我就醒了。没想到，这么久了我还是会做这样的梦。”

“那你们分手多久了？”

“三年。”

后来有一次机缘巧合，我跟他一起去北京。他对我说，为了那个女生，他去了二十个城市，收集各个地方的明信片，就是因为她曾经对他说过一句她将来想去那些地方，想收集明信片。然而这件事情，他至今没有让那个女生知道。

今天在微博上看到一个故事，分手以后，男生一直悄悄关注着女生的微博，直到有一天那个女生转了一条求中奖的微博。男生就偷偷联系卖家，用原价把那个东西买下来，然后让卖家以中奖的形式 @ 她。同样的，这件事他永远不会让她知道。

记得我之前写《回忆里的人是不能去见的，去见了，回忆就没了。人都是会变的，爱情也好，友情也罢》的时候，也曾为了要不要去联系那个人纠结了许久。然而跌跌撞撞之后，我发现了有关这个世界的一个真理，那就是：也许很多事情是可以挽回的，比如金钱，比如昨天落下的单词，但是不能挽回的事情更多，比如时光，比如你们彼此之间的感觉。

巧的是，我跟她都喜欢五月天，都最喜欢那首《温柔》，都最喜欢那句："没有关系，你的世界就让你拥有，不打扰是我的温柔。"她还跟我说，如果有一天我们分开了，就一定要听这首歌，然后约好不打扰对方。当时半开玩笑的两个二逼少年，一定没想到，有一天这句话变成了现实。那时总是说分手后祝对方幸福是最蠢的事情的男青年，一定没想到当事情发生在自己身上的时候，自己也不聪明。

千万句想要对她说的话，不过最后变成一句："不打扰，是我的温柔。"

你知道，不是每个故事都有结局，或者说故事的结局根本不像你想象的那样。大多数时候原本看起来天造地设的两个人，突然就宣布分手，最后连句"再见"也没有。再或者明明互相喜欢，却又猜不透对方的心思，最后还是没能在一起，直至错过彼此变成陌生人。

你在草稿箱里存满了要对他说的话，可是到头来一句也没告诉他。有时候你也想问，怎么就变成现在这个样子了呢？说走就走的旅行可能还在，说爱就爱的冲动却再也没了。什么时候开始变得害怕付出，害怕受伤，害怕先动心的先伤心，先认真的先认命，先说我爱你的先不被爱。

在你不知道的情况下，有人已经在心里爱过你不止十次了。

那天在北京，他跟我说，他到现在还是会下意识地拨她的电话号码，天知道为什么自己就是忘不了这十一个数字。可他最后还是忍住了，他不想去打扰她，不想因为自己打扰她的生活，也拒绝从任何人的口中听到任何有关于她的消息。

那一年，你假装经过她身旁，只是为了偷偷看她一眼，还害怕被她发现；那一年，你跟她聊天总是聊到半夜，听到她难受你就哄她开心，看到她开心你就跟着开心。直到有一天，她对你说她喜欢上另一个男生的时候，你愣了愣，说那很好啊，喜欢就去在一起吧。

那一年，你为了他的生日愣是几天几夜没睡好，在寒风中瑟瑟发抖只为了送他礼物，等到他出现在你面前的时候，又什么都说不出口了；那一年，你跟他最后还是分手了，你明明舍不得、明明很难受，可是你知道再这么下去已经没有结果了，只好装作洒脱、装作决绝。

我突然觉得那些看起来决绝果断的人，其实在把对方放入黑名单的时候，一定也是哭过难受过才能下定决心的吧；那些分手后还会默默关注对方却又不会让对方知道的人，是有多么不舍得曾经的感情，却又不得不放弃；那些自始至终都没让对方知道自己喜欢他的人，也曾有那么一瞬间鼓起过勇气，最后还是输给了等待。

你们会分开或者是没能在一起，不是因为你不好、不可爱、不够聪明，也不是你做错了什么，只是因为时机不对；只是因为你们的相遇，是为了跟对方告别而已；只是因为你们都是这样一个别扭的人，别扭到永远不会先开口，别扭到可以硬是忍着不去联系他，别扭到永远不让自己看起来先喜欢上他，别扭到明明比谁都喜欢他，却认为只有不去打扰他才是给他最好的祝福。

宁可自己憋得内伤严重，也要假装不在乎，宁可假装遗忘不难没关系，也不会让对方知道其实你从没放下，宁可在他消失的时候比谁都着急满世界找他，也要在他出现的时候假装不经意。

我常听有人说，如果那个人爱你，他就会来找你。其实她们不知道，有时候就是因为他爱你，因为他知道你不会喜欢他，所以他不会找你，他不想打扰你，他不想给你增加困扰，他希望你过得更好，即使是在没有他的情况下。

有些人对你说了好几次“我爱你”，也不一定是真的；有些人看起来毫不在乎你，其实你不知道他忍了多少次想要联系你的冲动。

background music——**五月天《干杯》**

愿你找到你的太阳，
愿你的太阳找到你

活到26岁，然后死掉

当你觉得孤单的时候，

要相信，

这个世界上还有很多人只是想和你说说话。

有人和你一样在世界的某个角落里用力向前走着，

即使前路漫漫也没想要放弃。

时间一天天过去，

我们终会因自己的努力变得或丰富或苍白。

村上春树的《寻羊冒险记》里，有一个小女孩儿说：“活到26岁，然后死掉。”

活到26岁，然后死掉。

我又想起以前看到的那句话：“我知道这个星系里有颗星球，那里的人只能活到20岁。”

我花了很大心思去想，那个星球到底是哪个星球。

到后来我才突然明白，那个星球就是地球。

我想这两句话要表达的意思，并不是真的要死掉，而是在26岁之后，我们不再为了自己活，彻底抛弃以往的生活方式，戴上社会所需的面具，被这个世界完美地驯养，再也不是以前的那个自己。

至于到底是20岁还是26岁，这无须较真。这只是一个界限，一个区别于青春和成年的界限。

我一直在想这两句话的意义。

每天刻意规律地上下班，挤着永远不准时的公车。

在这个速食的社会里，变成一个速食的人。

不再为了恋情疯狂，不再为了友谊感动。

把以前的感情踢到了一个叫“无病呻吟”的垃圾桶里，或者干脆把这些定义为矫情。

时间消灭了多少梦想，生活埋葬了多少主张。

前不久看到一篇日志说：“我想我活到了一个尴尬的年纪。”

没错，人的成长是一瞬间的事，中国的教育总是在校园里把一切过分美化，然后在之后的日子里告诉你残酷的现实。

“现实”这个痞子，从不肯让你轻易地达到目的。

所以很多人一下子都缓不过神来。

还没有做好充分准备，就被现实压得喘不过气来。

生活是永不打烊的摩天轮，承载着每个人的喜怒哀乐。

留下的更多是人们的惊愕错乱。

这个世界上，有所谓“真正的快乐”吗？

尽管如此，尽管先前说了这么多悲观的事情，但我还是想说：也许那个界限，那个“26岁”的到来是不可避免的，但是我们可以改变它到来的时间。

世界很大，我们很小，但是我们可以决定很多，天空的蓝色可以是纯净的希望，地平线的余光可以是日出的曙光。

因为我们年轻。

因为青春也许是我们唯一有时间编织梦想的时光。

生活中总是有很多闪闪发亮的人，他们变成了一种信仰的存在。他们用自己强大的力量，改变着世界，改变着我们。可是我们中的大多数人永远都不知道，他们用了多大代价，才换来了这样一个闪耀的人生。

仔细看看身边的人，有很多人放弃希望，也被希望放弃，但也有很多人一直坚定地向梦想走着。

年轻的我们，围绕着纠结寂寞，年轻的心是不会安定下来的，所以我们义无反顾地离开了家，所以我们义无反顾地向梦想迈进。

即使我们被现实一再打击，我们也没有放弃，我们还是一次又一次地找到了自己的信仰。

没有人逼你每天背单词背到头痛背到天亮。

没有人逼你为了递一张申请表跑东跑西。

没有人逼你离开家乡去一个陌生的地方。

可是，你还是义无反顾地这么做了。

因为我们不甘心，我们想要自己的生活多姿多彩。

因为我们的故乡，放不下我们的梦想，我们想要了解更大的世界。

因为我们的心里，始终放着我们的梦想，始终不想放弃。

因为我们年轻，我们想要拥有的更多。

生活没有那么多原因。

三五年后，我们才发现，自己的改变其实来源于几年前看似不经意的小事。

等到那时候，你才发现你苦苦追寻的梦想，其实早就在你手中了。

等到那时候，就算我们真的被这个世界完美地驯养了，又能怎样呢。

回忆留了下来，勇气留了下来。

生活中很多东西都在变，但是总有那些一成不变的美好留了下来。

而这些美好，才是我们生命中真正重要的东西。

所以我们应该做的，就是尽力去抓住这种美好。

在那个所谓的“26岁”之前，让我去疯狂，让我去幼稚，让我去执着，让我去放肆，让我去倔强，让我去相信自己的梦想，让我用自己所有的勇气做我自己。

然后告诉这个世界，对不起，那个界限可能要很久以后才能到来。

当我们把约定做成一种决定，那么时间就不再可怕。

在被生活驯养之前，我们要做的，就是努力坚持。

仔细看看身边的人，找到那个一起跟你做梦的人，找到那个还在努力坚持的人。

如果有这么一个人，告诉他，不要怕，你永远不会是一个人。

我们是这个世界的一部分。

是这个丰富多彩的世界的一部分。

而这个世界上，总会有那么一部分人，在努力着。

留住你最美的时候，留住你的年少轻狂，直到“26 岁”到来的时候。

其实这个世界并不像你想象得那么坏。

至少我们现在一起同行。

就够了。

background music——Avril *Nobody's Home*

你的梦想，
还是你自己的吗？

每个人都开始屈服于自己的欲望。

明明他在几年以后能有更好的生活，

却一定要在现在买最新的包。

每个人都开始想要达到一定的社会地位和物质条件，

似乎结果才是最重要的。

然而，你有没有想过，

你所谓的所有努力，

是为了满足你的欲望，还是真的追求上进？

最可怕的是，

你要考研你比谁起得都早，

你要赶论题你比谁睡得都晚，

可是在那之后，

你再也不知道应该做什么了。

优秀固然重要，

更重要的是无可替代。

刚刚躺在床上看完了《三傻大闹宝莱坞》，然后精神抖擞毫无睡意，于是你就看到了这篇我在饿着肚子的情况下，写于堪培拉时间凌晨 5：21 的文字。

这绝对是一部好电影，三小时的电影丝毫不让你觉得冗长拖沓，励志又不乏幽默。虽然情节老套，但是配合印度宝莱坞特有的歌舞，倒也觉得新颖。

我想说的是这部电影传达出来的东西：特立独行的生活态度。

这恰恰是我们最最缺少的东西。

从小时候起，我们就被要求一模一样，穿一样的校服，头发不能太长，最后就连我们人生的梦想都变得一模一样。初中毕业了上个重点高中，高中努力高考去个重点大学，找个靠谱的工作，买个像样的车子，有个不错的房子，度过看似不错的人生。

曾经的你为自己的想法很执着，曾经的你哪怕全世界不理解你想要的也无所谓。

可为什么有一天，你发现你听最流行的音乐，看最卖座的电影，去最热门的景点，读最畅销的图书，什么时候起，你变成了现在的你？你敢不敢有点儿与众不同？

亲爱的老妈说过，总有一天，你的棱角会被世界磨平，你会拔掉身上的刺，你会微笑应对讨厌的人，你会变成一个不动声色的大人。我常觉得自己还没有准备好，就已经长大了。大人的世界比想象的更难懂，有那么多字典里无法解释的字眼，有那么多努力做好了也不会被所有人喜欢的事情。

谁不曾想要自己的青春金光闪闪？谁不曾想要经历一些特别的事情，去一些特别的地方？谁不曾想要轰轰烈烈度过那几年，有着我们各自的梦想？

可是为什么到最后我们变得一模一样，慢慢地，梦想就变成了要赚很多很多钱，要赚更多更多钱，要住个不错的房子、买个好看的手机、有个漂亮带得出去的女朋友，过个像样的人生？

如果所有人的梦想都一样，那还是梦想吗？

我曾经在《想太多》里这么写：

有一天我到了一个用金子堆起来的地方。树木是金子做的，花朵是金子做的，衣服是金子做的，汽车是金子做的，房子是金子做的，就连道路都是金子做的。

这真是一个富裕的地方，我想。

刚走到门口，就听到护卫们说："快来参见这里的国王。"

我这才注意到不远处的国王。他穿着金子做的衣服，金子外边是更多的金子用来装饰，戴着金色的皇冠，皇冠上镶着很多钻石模样的金子。

他看到我并没有穿着金子做的衣服，得意扬扬地说："想不想穿金子做的衣服，我这里有用不完的金子。"

"我是国王，所以我有着最多的金子。"

"我是国王，所以大家都要听我的话。"他大声地说着这些。

我摇摇头，说："我不想穿金子做的衣服，它们太重了，也太坚硬了。"

国王很少被人拒绝，所以这多少让他不快，但他是国王啊，怎么可以跟我一个平民计较呢。

"我有着最多的金子。"他重复了一遍刚才说的话。"我是国王，我有着最大的权力。"他又说了一句。

"我是国王，所以我可以做很多人做不到的事情。"

可是我对这些还是没有什么感觉，反而觉得很无趣。

他生气了，一脸恼怒地对我说：

“为什么你不拍手叫好呢？”

我只是摇摇头，说：“你说的一切都很厉害，只是这些都不是我想要的。”

他摇摇头，觉得我不可理喻。

他带我去看他的花园，他有世界独一无二的收藏，笼子里关着世界上最昂贵的鸟。

他说，你看，那只鸟是世界上最贵的。

他带我去看他的收藏，房里摆设着琳琅满目的收藏品。

他说，你看，这是世界上最昂贵的字画，这是世界上最贵重的花瓶。

他带我去看他的书房。他说，你看，这是世界上唯一流传的墨宝。

他带我去看他的车库。他说，你看，这是世界上最昂贵的车子。

他带我走出宫殿，回头看。他说，你看，这是世界上最昂贵的房子。

他说，你看，我是多么富有啊。

没有一个国家的国王比我更有钱了。

没有一个国家的国王比我更有地位了。

我向他鞠躬，对他说："可是你的车子不能开，你的墨宝不能用，你的花瓶不能用来放花，你的字画只能锁在柜子里，你的鸟从来不愿意说话，又有什么用呢？"

在墨尔本、在堪培拉、在上海，有很多人，他们可以拿A、拿HD，可以融入得很好，他们大多有着不错的就业前景，只是他们中的大多数并不是真正喜欢现在所学的，或者不知道自己想要的是什么。

那么你拼命追逐的，又有什么用呢？

我们所处的世界，它让你忘记你曾经的模样，把你变成了孤傲的国王。学校使你变得刻板，数学除了用来算钱再没其他用途。除了必须看的书，你不再主动看书。

你每天坐在电脑前看着140个字的内容，没有意识到你的人生远远不只这140字所表达的东西。你跟大多数人一样，把大众喜欢的东西奉为准则，而不顾你心里是否真的喜欢它。

这就是为什么我讨厌那些畅销励志书，它们永远在对你说你要往上爬，你才能有话语权；你要学会谄媚和腹黑，你才能出人头地；那些广告上永远一种表情、一种服饰的某男，才是你该过的人生。

诚然，如果你想要成为那些人中的一员，那无可厚非，因为他们也是自己领域中的佼佼者。但媒体的过度渲染让你认为，这世界上只有这一种活法才是对的，那就大错特错了。

对于这些，我想说，去你的。我们马不停蹄地长大，拥有了比以前更好的生活，变成了一个更好的人。难道我们所做的这一切，就是让我们拥有一个复制别人的人生？

当你40岁的时候回想起以前的人生，除了有一些钱和过得“还可以”，还能有什么样的关于20岁的记忆？你还有什么说出来能让你兴奋不已的经历？

所以当又有人以社会准则来要求你，又有人对你提起谁家谁谁的时候，请大声地说：“没有人能用他的标准衡量其他人。没错，优秀的确很重要，但我不想变成别人。”

“带着你的自以为是滚蛋吧，我清楚地知道自己想要什么，那也许不是条风光无限的路，也许不是一条看起来安稳的路，但那是属于我自己的路。”

跟着别人走，最多跟别人一样，走不一样的道路，才有可能跟别人不一样，才有可能比别人强。而“不一样”真的那么重要吗？我的回答是，是的。活着是旅程，是见识，是经历，而不是两点一线一成不变。

九把刀曾经在书里说过：“有些梦想，纵使永远也没办法实现，纵使光是连说出来都很奢侈。但如果没有说出来温暖自己一下，就无法获得前进的动力。”

我知道终有一日我们都将妥协，我们都会被这个世界完美地驯养，但是在最后的那次妥协之前的每次不妥协，都是最为宝贵的财富，那将是你更好地生活下去的资本。

在别人肆意说你的时候，问自己，怕不怕，输不输得起？不要怕，不要后退，不要犹豫，难过的时候就一个人去看看这世界。你需要足够勇敢地问自己，你是不是已经为了梦想而竭尽全力了。即使我最终的结局只是这样，我也不能接受麻木放弃的自己。

一直很喜欢阿姆，他的歌词里有这么一句：献给我的宝贝们，要坚强。献给世上其他的人，上帝给了你属于你的鞋子，它适合你，穿上吧。做你自己，兄弟，为你的本色而自豪。就算这话听着有点儿老土，永远不要让任何人说，你不够美。

一个人的梦想也许不值钱，但是一个人的努力很值钱。请守护住你的梦想，那是你与众不同的东西，那是让你在成长道路上不至于泯然于众人的东西。

兄弟，为你的本色而自豪。就算这话听着有点儿老土，永远不要让任何人说，你不够美。

background music——Eminem *Beautiful*

别让世界改变你的节奏

当所有人都把梦想当矫情，

把倔强当幼稚，

把努力当无病呻吟，

把懦弱当真理，

那只能说那些人的内心已经死了。

在这个速食的社会里变成了一个速食的人。

当有人不由分说对其他人的梦想嗤之以鼻的时候，

你要做的就是伸出你的中指默念Fuck You，

滚你的，

我有我的梦想，

我就要守护它。

那天陪提米去书店买书，他学设计，很苦逼，在我的印象里，他从来没有早睡过。好几次半夜当我赶完论文或者照例看完电影的时候，都能发现他还在线上忙着他苦逼的绘图作业。

有一天，他对我说："你说我们俩离开家到这个大洋彼岸的鬼地方累死累活，是为了啥？"那时我想起一句，对他说："归根结底，我们之所以漂泊异地接受苦逼，是因为我们愿意，不还是我们自找的。哈哈，总要度过这样的日子才能安心，就当是自己感动自己吧。"

他就说："哈哈，你还是那么有哲理。没错，我就是为了给自己一个截图牛逼设计作品到微博上装逼的机会。我一定要给自己一个跟那些牛人比肩的机会，趁自己还年轻。"

这是他让我印象深刻的事情之一，因为这事儿，我还特地写了篇博文。

另一件事是那次我准备了很久的旅行，上网查资料查酒店办签证一路下来，连机票都买好了，临到要出发的时候却开始踌躇，好像那个一开始信誓旦旦的人不是我。

我就去问他和S，他俩之前都是怎么一个人去别的国家的，会不会迷路什么的。S一脸淡然地看着我，仿佛在她眼里，这从来就不是一个需要回答的问题。提米对我说："你唯一要考虑的问题，就是你真的想去那地儿吗？出发之后的事情都是不重要的。"

后来我在《孤独是你的必修课》里写：你必须找到自己的生活节奏。只有出发才能到达，你不出发哪里都去不了。出发才是最有意义的事情。

我突然发现，一直犹豫踌躇，一直下不了决心的人，有什么资格去实现梦想呢？

很久以前的我总是上网刷"人人"、刷微博，看到很多人上传的旅行照片羡慕不已，转而又看到几篇描述他们怎么一路在上海、在华尔街立足的帖子，不停赞叹，心里一阵激昂澎湃，当即下定决心把没背完的单词背一遍，再上网查很多资料准备下一站要去的地方。

然后呢？然后我哪里也没有去。

——**为什么哪里都没有去?**

我承认我一直是个拖延症比较严重的人。这个毛病来源于很久以前的一次作业，两千字的 Essay，提前十五天发的题目，我一直拖到最后两天才开始做。紧迫感和焦虑感促使我一刻不停地写，偏偏拿到成绩之后还不是很差。

于是我就开始抱着侥幸心理，觉得自己只适合在Deadline之前短期高压的情况下工作。结果这习惯慢慢地开始蔓延，从我的作业到我平时的生活，再到我的晚睡，再到之前无数次下定决心却哪里也没有去。

我明白，拖垮我的，是我日益膨胀的想法和我日益迟缓的行动力。如果我每次都需要Deadline这样的东西来提醒我，那么我一辈子也只是疲于奔命，忙活于一个又一个任务中，失去了主动学习的能力。

然而拖延症的危害不仅仅在于学习，也在于生活的方方面面。比如上面所说的旅行，因为一拖再拖，最后丢失了原本的冲劲和向往。对于梦想，也同样。

——**怎么杀死拖延症?**

这个问题我想了很久，最后想出来一个道理：所有的外界因素都不会让你的拖延症痊愈，因为不管你制订了什么样的计划，总会有外界因素来干扰你的。

如果我们不想要在未来的某一天为了自己的才华流失而难过，为了自己的青春不再而流泪，如果我们不想要再拖延，每次做决定的时候都犹豫不决，如果我们不想要这样子的一个似是而非的人生，那么我们就必须找到属于我们自己的节奏。

简单地说，从一开始就按照自己的步调不卑不亢有条不紊地向前走，告诉自己现实容不得你拖延，行动起来，哪怕每一步都很慢，但也要行动起来。

认识到这点之后，我明白我必须有所改变。有一天我破天荒一大早起床去图书馆，带着自己从国内带来的书，一看就是一整天，直到肚子饿得实在不行才合上书。那时候我发现，我越焦虑越拖延的原因，是因为我堆积得太多了。

就像一个恶性循环，因为要看的东西很多，所以不想看；因为不想看，所以堆积的东西越来越多。到后来焦虑越来越严重，无从下手。

所以最好的办法，就是行动起来。

其实一个月背几百个单词真的那么难吗？其实一个星期看一本书真的那么难吗？其实拿着相机出去旅行一次真的有那么难

吗？是的，我知道你会说旅行什么的都是小清新，拿着单反实在是太像在装逼。在这个文艺青年被用烂的时代，太多东西被定义为矫情，甚至于大多数时候自己的梦想总是让人觉得荒唐。是的，你讨厌被人说，可是别人的看法真的那么重要吗？非要等到看到他考上你想要上的大学，拍出你想要拍的照片的时候，才觉得后悔吗？

所谓的梦想就是，当你开始追逐它的时候，你就知道自己的梦想很可能不会实现，但你依旧会去追逐。如果励志的东西用完了，就重新制造那些积极的东西。如果选择开始停滞，就一个人出走，独自看看这个世界。

因为梦想是一条单行道，走上去就再不回头了。

看一部剧集觉得最无聊的只是开头的那几集，背单词最头疼的也只是你决定开始背的那几天，看一本书最厌烦的往往只是开头的第一章，坚持做下去，不停地换着法子激励自己，直到那变成你的一种习惯，变成你的一部分，你就会发现其实习惯没那么难。

当这些变成了你的习惯，自然也就不会再拖延了。

——为什么我们往往事与愿违？

最近常常听到有人对我说："凯文，你知道吗，很多事情是生来注定的。梦想，只是幻想而已。”

那些你想要拼命抓紧的人会离你远去，即使你从来不想失去她；那些你想要拼命做好的事情总有人说你做得不够好，即使你已经拼尽了全力。明明被伤害的人不是你，最先蹲下哭泣的人却是你；明明不想离开的人是你，最先说再见的人却是你；明明做错的那个人不是你，最先说对不起的人却是你。

你一再地委屈自己，只是因为你不想跟这个世界格格不入。

这个世界都告诉你了一些什么？它告诉你梦想是很难实现的，实现梦想的永远是少数人；它告诉你爱情是很难存在的，浪漫爱情故事里的主角永远不是你；它告诉你相处是一件很难的事情，有时候你很努力了也做不好；它告诉你很多时候你喜欢的人不会喜欢你，他们往往甚至不在乎你。

这个世界告诉你，不是所有的付出都是有结果的。

你每天见到很多人，却看不懂他们的心；你知道他们的名字，知道他们的星座，却不知道他们的想法；你知道他们来自哪里，知道他们喜欢什么样子的人，却不知道他们怎么看待你。

你们见面会微笑打招呼，仅此而已。

然后呢，就这样放弃吗？

这就是你想要的生活吗？一遍遍地重复，在寻求别人的肯定中生活，却从没想过自己是否真的开心。每天挤着地铁打着哈欠，到了公司你两眼呆滞地看着电脑屏幕，变得越来越符合他人的要求，变得越来越麻木。你面对的问题大多让你反感，他们指着你的痛处不停地问东问西，你却不能表现出什么来，只能笑着附和或者尽力敷衍过去。

可怕的不是你的生活即将结束，而是你的生活从未真正开始。

——面对危机中的世界，保持自己固有的节奏

其实大多数人的问题，是看不到希望不敢去努力，或者是因为过去的失败停住了现在的脚步。那么记得：永远不要回避你的过去，更不要用过去牵扯你的未来。

有没有希望不重要，哪条路不重要，重要的是你愿意为之努力下去，然后看到希望。

当你觉得迷茫难过的时候，问问自己为什么一遍遍背书，为什么一次次地早起，为什么一遍遍地修改论文。答案就是：勿忘初衷，别让世界打乱你的节奏。

你想得越多，顾虑就越多，什么都不想的时候反而能一往无前；你害怕得越多，困难就越多，什么都不怕的时候一切反而没那么难。这世界就是这样，当你不敢去实现梦想的时候，梦想会离你越来越远，当你勇敢地去追梦的时候，全世界都会来帮你。

当你面对这个世界突如其来的打击的时候，你需要伸出你的中指，对着这个世界说 Fuck You！告诉这个世界，滚你的，我是我，你是你，我依旧相信爱情，我依旧相信梦想，我就喜欢听着喜欢的歌大声嘶吼，我就是要追求我在意的而你们不在意的东西，我就这么我行我素地过，对不起，坑爹的世界，我跟你不熟！

如果你要问我青春是什么，那么我会说青春就是 Do what you love and fuck the rest.

所有的牛逼后面都是一道道苦逼的高墙，所有的苦逼背后都是一次次别人看不见的坚持。关于你的未来，只有你自己才知道。

所以，管他呢，管别人怎么看，做自己想要的，努力到坚持不下去为止。既然解释不清，那就不要去解释。没有人在意你的青春，也别让别人左右了你的青春。这个世界没那么在意你，也别让世界改变你的节奏。

background music——The Script *Hall Of Fame*

唯有割舍，才能专注；
唯有放弃，才能追求

你想要一个人去旅行，

又想要跟朋友好好聚聚；

你想要考研，

又想先工作几年；

你想要好好背上几天单词，

又想要去参加社团活动。

有时候，

你会问自己，

你想要的是不是太多了？

你的生活是不是太忙碌了？

你是不是根本不知道自己想要什么，

只想要让自己忙碌起来，

好给自己一些心理安慰，

好让自己看起来不被别人落下太多？

多少人过着这样看似忙碌实则焦虑的人生？

身边有个朋友，她从不翘课，积极参加活动，还做了某社团的团长。有一天半夜，她突然找我聊天，说过两天要去主持迎新晚会，除了主持还要表演节目，可又要准备论文，这两天累得半死还不得不牺牲睡眠时间。后来晚会效果不错，她却说以前会很有成就感，现在除了累就是累，想抽身而退又有点儿舍不得。

另外一个朋友，只能用忙碌来形容他。他的电脑里放满了各色各样的公开课和电子书，假期又马不停蹄地去上海念托福，书桌上必有GRE的红宝书，成绩也很优秀。有一天他说，其实根本不知道自己在学什么，不知道现在学的专业将来有没有用，再忙心里也填不满。

我问他那有没有想做的事情，他说有，可是想做的太多了，反而不知道应该从何开始。他想去考研，又想在国内先考几个证书，想出去旅游，又想待在家里把新买的书看一下。

这样的人在我们身边屡见不鲜，看似忙碌的生活却不一定热爱自己做的事情，喜欢做的事情太多反而力不从心。出去旅游却迟迟决定不了目的地，书店买书时面对琳琅满目的书踌躇不已，生活中无处不在的选择像要把一个人压垮。

好友考上剑桥之后的谢师宴，他在台上说五年来他想的只有考上剑桥，他也喜欢摄影喜欢画画，可是为了剑桥都放弃了。鱼和熊掌不可兼得，有时候必须选一个。即便自己的选择在别人看来无趣又功利，自己也乐在其中，因为如果他什么都做的话，势必摄影比不上专业的，画画比不上画家，也不可能考得上剑桥。

人如果能找到自己真正喜欢做的事情，本身就是一种幸福。这句话我在阿信的《浪漫的逃亡》中看到过，在大头写给我的同学录里看到过，听一个朋友这么说起过。

可是如果想做的事情很多很多，不知道怎么衡量它们之间的重心的时候，又该怎么办呢？后来赖明珠老师在写给阿信的序里这么说：就怕多才多艺的人，想做的事实在太多，偏偏每件都还做得不错，还真烦恼。然而不管是放弃、割舍还是背叛，都是不但不得不，而且必要的选择。唯有割舍，才能专注；唯有放弃，才能追求。

我承认很多情况下，我都是个随便的人，但对于某些事情，我很执着、很倔强，甚至固执倔强得很可怕。我对很多事情都很好奇抱有兴趣，却只对某些事情达到了热爱的程度。我曾经也以为自己可以在很多事情中衡量得很好，可以既做着这件事情，又能在另外一件事情游刃有余，可是越到后来越发现，有些事情是不得不全心全意去做的。我们的生命有限，人这一辈子会做很多事情，有几件事情能做到想要的完美呢?

选择做一件事情，做你最喜欢的事情，把其他的都抛开。把这件事情做到你想要做到的极致，把这件事情做到你梦想中的最大化。永远不要害怕梦想太大，只有很大的梦想才拥有你向上的无限可能性。站得高才能望得远，梦想这东西也一样。从另一个角度来讲，永远要相信自己可以比现在走得更远，永远不要因为现在所取得的一点点小成绩而沾沾自喜。

选择，本身就意味着要放弃另外一些东西。有时没有选择反而是更好的选择，没有退路反而是更好的出路。我们最容易犯的错误就是以为生活在别处，所以我们轻易地放弃一份工作、一种兴趣，我们总认为我们可以在很多事情上做得很好，这件事情不行换件事情做就行了，所以三天打鱼两天晒网。即便你可以在很多事情上做得很好，也做不到无可替代的程度，到头来，你也只是在Average上下徘徊，怎么也没能达到你想要的层次。

所以试着去听从内心的声音，不要在乎外面的掌声。选择最喜欢的一件事情做，把它当成你最重要的事情来做，在这件事情上做到最好，而不是去不断尝试别人看来很好的。还是那句话，唯有割舍，才能专注；唯有放弃，才能追求。

经得起诱惑，耐得住寂寞，永远是成功道路上的不二法则。

background music——**马克西姆《出埃及记》**

生命是一张单程票，
无法回头但是可以转弯

孤独无助的时候，

永远不要逃避，

也不要立马找别人倾诉。

当你失去耐心的时候，

你会失去更多，

最好的办法是静下来，

对着镜子问问自己想要什么，

你一定能找回你自己。

舍友吉米有阵子总跟我感叹时间飞逝，马上就要毕业却还不知道未来的方向在哪里。身边的朋友一个个都在为了目标努力，只有自己在原地打转。

他说光是想想未来就觉得很可怕，再加上觉得自己被落下了很长一段路，所以现在根本没有心思踏踏实实地做好一件事情，结果就是变得越来越浮躁。

我一下子明白过来他每天这么焦虑定不下心来做事情的症结在哪里：他看到的身边的那些例子，都是光鲜亮丽让人羡慕的。而那些人不久前还跟自己处于一条起跑线上，现在看起来自己却落后了一大截。

他越看到这些例子就越着急，越着急就越迷茫，越迷茫就越不能定下心来做一件事情。慢慢地，这种情绪循环往复，所以很长一段时间里，他都陷在这种低落的情绪中。

他说让他感到着急的，是当别人都知道自己想要什么的时候，他却不知道自己想要什么。可我跟他认识这么久，我相信他知道自己想要什么。我想真正让他急躁的，是经过这么久的等待，他依然没能接近自己的梦想，他依然不知道怎么去接近自己想要的样子。

很多人都说不知道自己想要什么，实际上这句话的真实意思是，他没有足够的勇气去追寻自己想要的。

——每个人都不是他表现出来的样子

每个人都对你说要找到方向，你要想想自己的路是什么，你要的是什么，可这哪是一件容易的事情，哪有人一开始就能找到自己喜欢的事情呢？于是他们又说，你这样子是不行的，你看看你身边的人，他们已经找到自己的路了。

只是，每个人都不是他表现出来的样子。

隔壁的A君，考试总能考得很好，看起来毫不费力。你看到他一脸轻松的样子无比羡慕，却不知道他每天很早就起床去图书馆占位学习，等到你晚上找他的时候，他能够心安理得地看着美剧。你只看到了他晚上看美剧时的样子，却不知道他白天在图书馆心无旁骛。

许久未见的B君，跟女朋友的感情很好，每次他们总是出双入对让你羡慕不已，他们的恩爱让你一阵赞叹。但你不知道的是，他们也会吵架，也曾经差点儿分手，不同的是，他们坚守了下去。你只看到他们在一起有说有笑，却不知道他们背后为了这份感情的默默付出。

于是你觉得不需要付出太多努力，就能得到自己想要的；于是你觉得不公平，凭什么他们能得到的你得不到。因此你又开始没有定力，对什么都打不起精神来。

每个人表现出来的，都是光鲜的想让别人看到的外衣，你梦想过他们的生活的同时，却没有看到他们背后付出的代价。根本就不存在一蹴而就的说法，即使你偶尔幸运走上了神坛，你也会因为本身实力不足而跌落下来。那些屹立不倒的，哪个不是付出了千百倍的努力？

但是你没有意识到这一点，你忘了他们是付出了什么样的代价，才换取了这样一个闪闪发光的人生，才实现了自己的梦想。

——当我说梦想时，我都说些什么

那天吉米跟我聊着聊着，聊到了“梦想”的话题。他问：“卢思浩，如果有一天你没有实现梦想，会不会觉得很难过？”

我问他指的是我没能过上我想要的日子吗？他说是的。然后我回答他说："不会。"

他一脸诧异地说："怎么会？你不是一直想要变成一个优秀的作家吗？"我对他说，即使没能成长为自己一直想要的样子，也没什么大不了的。我有朋友、有爱人能活下去，又为了梦想努力了一把，有什么好难过的？

很多人不敢去面对梦想，是因为他们害怕不能实现梦想。但是如果梦想能够那么轻易地实现，那么实现它又有什么意义呢？梦想之所以为梦想，正是在于它的难以实现。

越是害怕，越要面对。

我想太久以来很多人都没能正确地对待梦想，我想对待梦想的最好态度，是正确地看待"梦想"这东西：

努力从来不等于成功，而成功也从来不是终极目标。那些终极的梦想，其实是很难实现的。在你追逐梦想的时候，你会找到一个更好的自己，一个沉默努力、充实安静的自己，你会因为自己所做的事情而觉得充实。

梦想这东西太狡猾太腹黑，它会让你觉得自己已经慢慢地接近它了，然后让你发现其实你离它的距离根本就没有拉近。它需要考验你是不是足够坚强能去实现它，你要做好充分的准备才能上路。

诚然，也许奋斗了一辈子的屌丝也只是个屌丝，也许咸鱼翻生了不过是一条翻了面的咸鱼，但至少他们有做梦的自尊，而不是丢下一句努力无用，心安理得地生活下去。

最好的生活状态莫过于，你在你的青春年纪傻乎乎地为了理想坚持过，最后回归平淡用现实的方法让自己生活下去。能实现梦想自然是最好，但没能实现自己的梦想也没有什么可惜的。成长的第一步就是接受这个世界的多样性，认识到现实的不美好，然后还是决定要坚持最初的坚持。有勇气做选择，自然有本事承担得起后果。

越是漫长，越要淡然。

——你要的生活，没有捷径

其实你仔细想想，去年的今天你在做什么。你还背着一样的包吗？你还坐着一样的座位，留着一样的发型吗？你身边的那个人还是当初信誓旦旦地说要跟你永远的那个人吗？改变其实早就发生了，谁说改变需要五年，需要十年呢？

如果你真的不知道自己要什么，就安静下来，寻找自己身上的闪光点，寻找你想要做的事情。生命本就没有意义，你能给它什么样的意义，它就会有什么样的意义。

很多时候，你觉得难过，是因为你追逐的不是更好，而是比别人更好。所以你把自己的未来限定在了一个很小的框框内，过着看起来安稳却让你不甘的人生。

让你不甘的人生，那就不要过。不知道自己想要什么，至少能够知道自己不想要什么。

这世界上只有一种悲剧，就是得到了自己不想要的，得不到你想要的，但是你努力了就不会后悔，等到有一天你老了你可以对你的儿子说，你老爹我曾经为了一个梦想，默默努力了很久，那样的坚持让我觉得自己没有白活。得到了你不想要的，只会让你觉得负担，每天沉重度日又无法舍弃，过得不开心又没有办法重来。

你要的生活，没有捷径。当你跌入谷底时，当你觉得梦想依旧遥远时，当你备受打击挫折时，你的梦想才真正开始。

不知道走哪条路的时候，就把眼前的路走好吧。觉得焦虑的时候，就去做眼前那些让你逃避的事情吧。不管做什么事情，一定都会有回报。生命是一张单程票，无法回头但是可以转弯。

越是漫长，越要平静；越是害怕，越要面对；越是困难，越要倔强：越是困难的梦想，就越是有去实现的价值。

无论什么时候都不要放弃希望，哪怕看不清前面的路，哪怕你是孤单一人。因为只有你放弃的时候，你才真的输了。

你不会因为一件事情一步登天，也不会因为一件事情而一蹶不振。慢慢走，慢慢看，生命是个慢慢累积的过程，而这过程中，你唯一要做的，也是最重要的前提，就是不要放弃努力。

background music——Slam Dunk《世界が終るまでは》

别着急，
该来的终会来

人人都开始着急。

着急赚钱着急找到未来的方向甚至急不可耐地去爱，

你看那儿，

谁又上传了自己去马尔代夫的照片；

你看那儿，

别人家孩子现在在大公司工作收入不菲；

你看那儿，

隔壁家那谁已经结婚了，

孩子都有了……

其实我想说的是，

你会觉得焦虑，

是因为你追求的不是比昨天的自己更好，

而是比那个“别人”更好。

慢慢来，比较快。

最近一直很忙，上课赶稿子写剧本，外加依旧天杀的GRE单词。忙碌中依旧伴随着一点点焦虑，不过这也没什么，因为焦虑是我的常态。

常常有人给我留言问我哪儿来的动力，哪里找的方向，有没有什么诀窍。

在我的生活中，一直有人对我说“不可能的”“你做不到的，放弃吧”之类的话，其中包括我的第一任编辑、我最好的朋友和我亲爱的老爸。与此同时，我常常写论文写得想撕书，写稿子写得想撞墙，不过因为是做自己喜欢做的事情，所以总能坚持下来。然后有一天，我回头看，才发现这么一个我竟然战胜了那么多负面情绪。

其实哪有什么诀窍可言，不过是一次次地跌倒，再一次次地爬起来。每次跌倒了痛了难过了，就去电影书籍歌曲里汲取正能量，慢慢地把自己变成一个正能量的人。跌倒的次数多了，就能和失败的自己相处得很好了，之后也就慢慢地不再焦虑、不再急躁，事情反而渐渐好转了。

你不认清这个世界，就没有办法完全接受它；你不去接受它，那你就没有办法从幻灭中重新开始。你需要被这个世界狠狠地打击，狠狠地跌倒，才能真真正正脚踏实地地站在这片大地上。

一个有趣的现象是，很多人看到自己的同学或者其他熟人干得风生水起，就有些心不定了。就像长跑比赛，一开始大家都疯狂跑出去，就你一个人慢吞吞的，就算你不想拿名次，心里也会觉得别扭，于是你只好匆匆上路。最后，疲于奔命的你，什么都没得到。

太多人急于实现自己的梦想，但当你在寻找一条捷径、一个诀窍的时候，你会迷失自己。有一天等你回过头来自己想想，你根本连自己真的想要什么都不知道。你之所以不知道你自己想要什么，是因为一直在赶路，因为你在着急，你不停地换着前进的道路，不停地追赶着别人的脚步，脚步越来越快，等到有一天你发现自己生活在别人的人生里的时候，早就忘记自己真的想要的是什么了。

你有没有想过，也许你的前方从来没有路，也许你想要的那个未来，从来就不是你想象中的模样？

你自己的人生，只有你自己能够帮你。如果找不到方向，那就用力去找，认真去找；如果找不到梦想，就去找自己喜欢做的事情将其变为梦想，然后为之奋斗。

不要说机遇不眷顾你，如果你一直在逃避，一直想找捷径，如果你选择的科目是最好拿分而不是你喜欢的，如果你看的电影是用来打发时间而不是用来感悟的，如果你去的旅行是为了拍照上传炫耀而不是真的想去看看不同的生活，那么生活又凭什么眷顾你？

上帝是公平的，他给了你这些，就会把另外一些给别人；幸福是有限的，它给了你这些幸福，就会给你一些苦难，把更好的留到最后。

我从来没能找到一条明确的路，从来没有。我不停地摸索挣扎才走到了现在，唯一值得庆幸的是，我竟然一点儿也不害怕失败了。

你的前方从没有明确的方向，生活也不会一路绿灯把你面前的道路照个通亮。你只有不停地向前，不停地受伤，变得坚强而又足以承担生命赋予你的那些美好的不美好的一切；你只有不停地失败，然后某天你到了一个转角，你突然发现转了一个弯居然有你苦苦追寻的方向和未来。

如果你把自己准备好了，有了足够的实力，那么无论你走哪条路，何愁不会丰富多彩呢？

我始终相信，为了自己的未来而努力，好过为了别人想要你变成的模样而努力。后悔的痛和跌倒的痛哪个更难以忍受，我想你比谁都知道答案。也许很多人在背后把你当成笑话看，可是我想，你也不会后悔自己的选择，因为世界上只有一个你，不管别人看起来好或坏、幼稚或乐观、装逼或真实，你都是你自己。

该来的始终会来，千万别太着急，如果你失去了耐心，就会失去更多。

该走过的路总是要走过的，你每条走过的路都是必经之路。从来不要认为你走错了路，哪怕最后转了一个大弯，这条路上你看到的风景是独属于你自己的，没有人能夺走它。你在这一路上看到的风景，会是你之后通往未来的宝贵财富。

千万别着急，你若愿意梦，总有人陪你去疯。我知道你会说你觉得一无所有，但是那些真正宝贵的财富从来不是用眼睛能看见的，静下来听听自己的内心吧，停下来看看陪伴在你左右的人吧。

是的，你我都知道这个世界充满了不公、贫穷、现实和无助，但是我要你明白，这个世界远不只这样，我要你看到光明、梦想、努力和希望。没有人能回到过去重新活过，但你我都可以从现在开始，决定我们未来的模样。

就像慢吞吞的绿皮火车，也许它很慢，但时间总会到达你的那一站。

background music——Linkin Park *Iridescent*

要么滚回家里去，
要么就拼

青春是用来浪费用来做梦用来努力的，
你应该用这样的时光做你想做的事情，
变成你想变成的人，
哪怕这很难，
哪怕会失败。
因为不管怎么样，
我都不想有遗憾，
因为我不想老了之后，
没有一个回忆起来能让我嘴角上扬的青春。

我从来不觉得人的成长是为了证明之前的不切实际和幼稚，梦想是用来实现的，但是太容易实现的，那不叫梦想。

以前在墨尔本的一个室友，突然打电话给我，在我这里马上要凌晨三点的时候。他让我猜他现在在哪里，我说不是在墨尔本吗，你还能去哪儿。他很神秘地说，不是哦，我现在在西班牙。然后我一下子就愣住了。因为很久之前，我在一个“人人”相册里看到有关西班牙的照片，那时候跟他说，西班牙那么漂亮，我将来一定要去一次。我没有想到的是，在我就要把自己曾经一闪而过的想法忘记的时候，他的电话就这么来了。到最后，站在我最想去的地方的人，却不是我。

挂了电话之后，酷我音乐盒正好放到阿姆的 Lose Yourself，依旧是那熟悉的节奏，和他的那段：“Look, if you had one shot, or one opportunity, to seize everything you ever wanted，one moment. Would you capture it or just let it slip?”不知道为什么，脑海里浮现

的是《当幸福来敲门》里面的片段，是男主角最穷困潦倒的时候在车站的厕所里过夜，是他身上只有20美分的日子，可是他从来就没有放弃过。

如果你有梦想，就一定要捍卫它。

老爸同事的女儿，比我大三届，我刚进那所高中的时候，她已经出国两年了，正好我们的老师是一样的。高二的时候，老师给我们读了一封信，是她从英国寄回来的。她说现在过得很好，谢谢老师当年的教导，然后张新宇（高中的班主任）慢慢念出信的最后几个字——来自剑桥。当时一下子就蒙了，对那种学校只有敢想的份儿了，后来我才知道原来她是我老爸同事的女儿。老爸总是感慨地对我说，一个女生，能那么优秀真的很不容易。后来有幸跟她见面，她说的一句话我至今记忆犹新，她说，因为想要过自己的人生吧，她一直记得一句话：很多事情就像旅行一样，当你决定出发的时候，最困难的那部分其实就已经完成了。

突然就想到了自己，第一次出国的时候，离自己的17岁生日还差三个月。奇怪的是在机场的时候，我并没有想象中的那么不安，我只是反复告诉自己，这条路是你自己选的，不管怎么样，也要走下去。可是留学生活并没有想象中那么顺利，恋爱也是无果而终，毕竟隔着那么远的距离，一时兴起去打工，因为太累，最后还是辞职了。

后来有一天在Facebook上看到Leo，一个澳洲本地小伙儿，成绩好到令人眼红，最可贵的是他的性格还很好，做事能力好到让人嫉妒。我就开始跟Leo聊起最近的生活，到后来就变成了我的诉苦。等我说了很多，过了很久，我才看到他打过来的字，他说，我到现在都用不起iPhone这种在你们那里随处可见的东西，我现在的学费都是自己赚的，虽然你离家很远，但是你父母一直在后面资助你，你每天就做这么一点儿事情，凭什么说自己撑不下去了，你有资格吗？那些比你累的人都没有说什么，那些比你优秀的人都比你努力得多，你有什么资格在这里唉声叹气？!

然后他对我说了一句我到现在还一直记着的话：要么滚回家里去，要么就拼。（Go home or stand up, it's your fucking choice. Do you still remember the reason why you are here?!）

我突然就醒了，我一直只看到那些闪闪发光的人身上的闪光点，却不知道他们到底付出了什么样的代价，才换取了这样的一个人生，我又有什么资格在这里抱怨？我为什么要出国，在那个时候义无反顾的自己，怎么现在反而后悔了呢？什么时候起，那个有着梦想的自己就死了？

我一直觉得自己的青春很苦逼，老是在想这么下去会不会有未来，自始至终也没能对这个不属于我的城市产生过一丝归属感，很多想法都只是一闪而过。为什么明明知道时间那么少、青春那么短，想的最多的，不是怎样去接近梦想，而是反复地不安和疑惑?

终于觉得，我的苦逼，我那些熬夜的日子，都会在最终让我迎来属于我的结局。从离开家的那一刻起，就注定了我无法回头的青春。记得上次一夜没睡跟朋友去山上看日出，偶然听他们说起自己之前的生活，才明白不管是表面多么快乐优秀的一个人，不管是外表多么光鲜亮丽的一个人，都有各自的心结和苦逼的过去。就像青春注定要漂泊和颠沛流离一般，那些流过的泪、受过的苦，总有过去的一天，又有谁的青春不曾苦逼过?

一个人二十岁出头的时候，除了仅剩不多的青春以外，什么都没有，但是你手头为数不多的青春能决定你变成一个什么样的人。往往你将来成为一个什么样的人，就在于在这个阶段你想要什么。一个人一辈子能去往几个想去的地方，能看过几个难忘的风景，能读到几段改变你人生的文字，又能经历多少次难忘的旅行?这个世界那么多不顺心的事情又能怎么样?对它们说一句“Fuck You”，然后继续努力做好自己应该做的事情。

就像阿姆歌里唱的那样：我不能在这里变老。我要在变老之前，做一些到了80岁还会微笑的事情。

我想，一个人最好的样子就是平静一点儿，哪怕一个人生活，穿越一个又一个城市，走过一条又一条街道，仰望一片又一片天空，见证一次又一次别离。然后在别人质疑你的时候，你可以问心无愧地对自己说，虽然每一步都走得很慢，但是我不曾退缩过。

background music——**阿姆** *Lose Yourself*

孤独是你的必修课

人都是孤独的，
孤独不可怕，
可怕的是惧怕孤独。

想要摘星星的孩子，
孤独是我们的必修课，
我不怕自己努力了不优秀，
我只怕比我优秀的人比我更努力。

生活不可能像你想象得那么好，但也不会像你想象得那么糟。我觉得人的脆弱和坚强都超乎自己的想象。有时，我可能脆弱得一句话就泪流满面，有时，也发现自己咬着牙走了很长的路。

——莫泊桑

（一）

看高木直子的《一个人住第五年》的时候还在国内，那时觉得那样的生活根本不可能发生在我身上，连吃饭都要人陪着的我无法忍受一个人吃饭的感觉。所以后来，很长的一段时间里，我都没能适应一个人吃饭、一个人旅行，现在想想其实也没什么，这个世界运转速度那么快，没有人会在意你是不是一个人。以至于后来一个朋友问我，是不是也得了社交恐惧症。我笑笑，其实不是，只是自己慢慢地变得懒了，懒得去经营一份感情。至于朋友，有那么几个就足够了，有些人天天在一起，也不见得是朋友。

好像这样久了，倒是会忘记开始遇到的困难，渐渐地变成自己生活的旁观者，看着生活平静地流淌。都说人是慢慢成长的，其实不是，人是瞬间长大的，就像突然沉淀一般，突然不会谈恋爱了或者不想谈恋爱了。一个人生活单一但也不会觉得无聊，即便很多时候还是会迷茫，也不会觉得烦躁了。

去年的今天我在不一样的城市，背着不一样的书包，留着不一样的发型，走着不一样的路，想着不一样的事情，有着不一样的心思，爱着不一样的人。谁说改变需要十年呢。

（二）

身边的牛人倒是不少，像神祗一样的存在，我也只是羡慕，想着反正自己也不会变成那样的人。直到有一天，一个学长跟我聊起来，才知道原来他也有看不进去书的时候，也有写论文写得想撞墙的时候，我们都忘了他们是用怎么样的代价才换来了这样的一个人生。他说，如果你想要去实现梦想，孤独是你的必修课。如果不能沉下心来，就没有办法去实现它，因为那绝对不是一件容易的事情，孤独能让你更坚强，你必须找到自己的生活节奏。

有一个朋友喜欢每天喝一点儿酒，看一部电影，然后准时睡觉；住在旁边的英国人神出鬼没，有时候早上才睡，有时候天刚黑就睡了；隔壁楼的一个男生每天天不亮就起来跑步，往往那个时候我才刚打算睡。

最近迷上一个人到处走，算不上旅行，只在周围的城市走一遭，倒也不会花上太多时间准备，提起包就走了。我不会带上相机，只是有兴致了拿出手机拍一拍。音乐倒是我走到哪里都不能丢的东西，只有音乐，能让看似漫长的等待变成曼妙的旅程，似乎自己跟整个世界都没有关系，只想当一片没有名字的云，徜徉在不知道名字的风景里。

正如上面说的，曾经无法想象一个人吃饭的感觉，同样的，我也不会去想象一个人去坐公交车是什么样的感觉，谁知道没过多久，我就习惯了一个人坐车去学校。我住的离学校比较远，所以每次上车的时候还没有多少人，坐最后一排。有时候看着窗外发呆，什么都想，却又不知道自己在想什么。

我们都会找到自己的生活节奏，然后沉溺于其中无法自拔。

（三）

很长一段时间里我都没有去书店，觉得那种“每个星期读一本书”对我来讲是太遥远的东西。直到有一天我陪朋友去书店，他是一个买书就不会停的人，我也就跟着买了几本。回到家里看微博、“人人”又觉得心里空落落的，索性就拿起书来看。也是在那一天我才发现，其实每个星期看一本书没那么难，那天我一下子把书看完，才觉得这样子的生活是充实的。

要么读书，要么旅行，身体和灵魂必须有一个在路上。

我告诉自己现实容不得你拖延，拖延只会让你变得更焦虑而已，所以刚开始的时候，我规定自己每天提早上床半小时，看上几十页书，很快就变成习惯了。有时候我不得不感叹，如果真的去做一件事情的话，那么这件事情就没有那么难。当你真的想要做一件事情的时候，整个世界都会来协助你，就是这种感觉。

一个骑过川藏线的朋友说，只要出发，就能到达，你不出发，就哪里也去不了。如果你不能沉下心来，就什么也做不到。出发永远是最有意义的事，去做就是了。一本书买了不看只是几张纸，公开课下了不看也只是一堆数据，不去看就没有任何意义，反而徒增焦虑，行动力才是最关键的。

（四）

你也许也是这样，当你渴望找个人交谈的时候，你们却没有谈什么，于是发现有些事情是不能告诉别人的，有些事情是不必告诉别人的，有些事情是根本没有办法告诉别人的，而有些事情即使告诉了别人，你也会马上后悔。那么最好的办法就是静下来，真正能平静自己的只有自己。

没有人能免得了孤独，与其逃避它不如面对它。孤独并不是一件那么糟糕的事情，与嘈杂相比，一个人生活显得自得地多，倒也可以变成一种享受。或许至少需要那么一段时间，几年或几个月，一个人生活，不然怎么能找到自己的节奏，知道自己想要什么。这是属于你自己的东西，是你的一部分。你听音乐时，坐地铁时，一个人走在马路上时，它就会流淌出来，让我觉得这个世界似乎在以另外一种形式存在着，我能够清晰地听到自己。

我们都生活在一个不那么如意的世界，当乌云密布我们就摇曳，但阳光总有一天会到来，等阳光照到你的时候，记得开出自己的花就行了，那个你与生俱来的梦想。有时候梦想很远，有时候梦想很近，但它总会实现的。我想，一个人最好的样子就是平静一点儿，哪怕一个人生活，穿越一个又一个城市，走过一条又一条街道，仰望一片又一片天空，见证一次又一次别离。

即便世界与我为敌，只要心还透明，就能折射希望。

附上最近几个月看的书单：

《走吧，张小砚》（有关旅行）

《你好，旧时光》（有关回忆）

《1Q84》《海边的卡夫卡》（村上就不用介绍了，最近似乎说喜欢村上会被觉得很俗，可是我依旧会看）

《挪威的森林》（听说出电影版了，一直没看）

《送你一颗子弹》（刘瑜）

《追风筝的人》（看完电影之后看的原著，书真的比电影更

催泪）

《陪安东尼度过漫长岁月》《橙》《这些都是你给我的爱》

《偷书贼》（同样很感动）

《麦田里的守望者》

《我就是要挑战这世界》（挺冷门的一本书）

《芒果街的小屋》

《一个人住第9年》《一个人住的每一天》（同样是高木直子的）

《1984》

《明朝那些事儿》（1—7）

《怦然心动》（也是看完电影之后找的原著）

《黄金时代》

《百年孤独》

《致我们终将逝去的青春》《匆匆那年》（同类型的两本）

《牧羊少年奇幻之旅》（强推）

《一个人的好天气》（青山七惠）

《燕尾蝶》（岩井俊二）

《白夜行》（东野圭吾）

《那些年，我们一起追的女孩》

《在路上》

最后是一本我很久以前就一直在看的书，每次看都会有不一样的感觉：《小王子》。

与你有关的人太多，所以还不如做一个你想要做的人，人生都太短暂，去疯去爱去孤单一场，真正能平静自己的只有自己。

人都是孤独的，孤独不可怕，可怕的是惧怕孤独。想要摘星星的孩子，孤独是我们的必修课，我不怕自己努力了不优秀，我只怕比我优秀的人比我更努力。

background music——曲婉婷 *Everything In The World*

愿你要的明天，
能够如约而至

“为什么喜欢一个遥远的人？”
“因为他发光啊！”

你会发现有那么一种奇妙的存在，
即便是最黑暗的夜，
他的存在也会让你觉得黎明马上要出现，
用他特有的温柔唤醒你；
即使最寒冷的夜，
他也会让你觉得第二天阳光会出现，
用他散发的光芒温暖你。
然而最奇妙的是，
也许照亮你前方的那个人，
从来没能真正地出现在你的生活里，
而你爱了他好多年。

有那么一个人，他的存在让你想要变得更好。也许他是你身边的人，也可能不是；也许你们交流很多，也可能你们之间连一句话都没说过；也许你们是很好的朋友，也可能那个人不知道你的存在。可你还是想要变得更好，因为你想要变成他那样的人，变得跟他一样倔强、一样坚强、一样温柔。因为我们努力了，所以渐渐地我们变成了想要变成的自己。

希望我们都能找到这个人，尽管这个人可能一辈子都不认识你。

《拥抱》是我听你们的第一首歌，然后是《温柔》，让我爱上你们的是《而我知道》。再然后的《人生海海》《倔强》《突然好想你》，再到最近的《星空》。每一首都让我欲罢不能，一遍遍地听，即使每次听《温柔》都会难过，我也按不下停止键。

有那么一阵子，觉得自己好像不喜欢你们了。可是绕了一大圈，发现自己还是没有办法把你们割舍下。

喜欢过的两个女生都很喜欢你们，不过最终还是错过了。

然后又是一年过去了，一年又一年，看过了很多绝望，听过了很多劝阻，接受了很多无奈，品尝了很多伤害，然后慢慢地，青春也快要走完了，我们即将被时光拖出最后的象牙塔。

老实说现在还老说着青春，有时会让我觉得自己像还没有长大，可是又切切实实地长大了，连爸妈都开始催我赶快找个好姑娘回家了。我不知道怎样才算老了，是不是动不动就开始说“曾经”的人就是老了，但我的确会不自觉地想起以前的日子，暗自感叹着时光飞逝。

可是你知道吗？每次听起你们的歌的时候，我都能看到曾经的自己。那道金黄色的走廊，那首不变的《温柔》，那昏暗的音像店，那盘《时光机》的卡带，那个抄下“我不怕千万人阻挡，只怕自己投降”的我自己，那个跟我说“陈信宏跟我一天生日”的臭屁姑娘，那个跟我去看你们演唱会对我说“我想我这辈子都割舍不下你们”的人。

现在的你们都走在奔四的路上了，连看起来永远年轻的陈信宏都36岁了。我爱的你们已经不再年轻了，连同爱着你们的我也不再青春了，可是那又怎么样呢？不管你们的演唱会是有一个人去，还是有十万个人去，跟我都没有关系。因为只要你们开口唱，只要你们还是唱着那样的《倔强》那样的《突然好想你》那样的《拥抱》，无论你们在哪里，无论时光把我们变成了什么模样，我一定都会毫无悬念地被你们感动。

一定会。

我总是能听到“我爱的他都已经不唱歌了”或者是“我好像已经不再那么喜欢她了”之类的话，曾经耳机里排满的都是五月天、孙燕姿，现在他们的歌就像随机播放时偶尔出现的小喜悦，我还是会一遍遍地听，可是很明显的，不会像当初那样单曲循环着霸占一整天了。

你看呀，连我们自己都变了，又怎么忍心苛求在舞台上的他们不变。可是陈信宏你一直没有变，还是那么倔强、那么勇敢、那么坚持、那么温柔。你的歌声已经唱了 15 年，我却怎么也没有产生抗体，你的《温柔》已经 13 岁了，可是我怎么听也听不够。

前阵子结婚的朋友，一直跟我说他一定要在自己的婚礼上放《温柔》。我打趣说：“你是想要给她自由呀？放这首歌真不应景。”他却一本正经地说：“因为这首歌陪伴了我们八年。”女方也是我的朋友，她说：“你说我们在请帖上写五月天，他们五个会不会来呀？”

说完我们都笑了，他们五个不会来，他们甚至都不会知道我们，可是那又怎么样呢？他们本来就不是我们生命里的人，可是他们给了我们这么多，我们又怎么可能说不喜欢他们就不喜欢他们呢？

后来，就在去年年底，他们去台湾看了五月天的演唱会。他们说："刚开始的时候怕失望，因为这是我们携手看的最重要也许也是最后一场他们的演唱会，也害怕这么几年五月天会有很多改变。"

"可是音乐一响起来的时候，我才发现，原来一切都没有变，不光是他们没有变，没变的，还有我们自己。"

没变的，还有我们自己。我们总以为自己已经改变了，可是总有那么一些东西留了下来。

你知道，如果哪首歌、哪部电影、哪本小说、哪个人在你最难过、最无助、最快乐、最美好而又最容易被辜负的时光里陪你度过那么一段日子，那么无论他们将来去哪里，他们变成了什么模样，他们还唱不唱，你都没办法把他们割舍下。

也许我们无法割舍的，还有我们的青春。

也许我们会喜欢他们，还因为我们还喜欢着那个喜欢他们的自己。

有一个朋友总对我说："五月天他们又不会认识你，你这么喜欢他们有什么用呢？”是啊，爱你的人那么多，我只是其中一个。可是因为你，我想要变得更好，因为我想要变成你这样的人，变成像你一样用力地活着、豁达地歌唱、努力地追梦的人，所以我努力去做了。因为我努力做了，我才觉得没有白白浪费喜欢你们的日子。也许到最后我也无法像你一样站在舞台上，把自己的所有感悟带给台下的人，我也无法像你一样那么有才华，可是我变成更好的自己了。

说不定真的，我们听着什么样的歌长大，就能变成什么样的人。

那一年，我们在上海，又看了一场五月天。那一天，听到《憨人》，还是有想哭的冲动。即使有那么一天，你失去昨天的一切，变成一个平淡无奇的人，可是只要你一开口唱起《温柔》，唱起《倔强》，我还是会毫无悬念地感动。谢谢你们，我已经可以更好地向前走了。

后来我觉得，错过了那个人，也许就是这样子了，再见或者不再见都不重要了。潮起潮落之后，难过伤心之后，五月天留了下来，伴随我度过了每一次的日落和每一次的日出、每一次的低落和每一次的坚持、每一次的旅行和每一次的回途，连同我所谓的无法割舍的梦想，居然一下子都到了现在。

偶尔回头看看，才会发现走过的路跟来时的是那么不同，那时候觉得难熬的，好像一下子就过去了。没有什么过不去的，没有停不下来的伤害，没有走不过去的绝望。

也许你喜欢的不是五月天，也许想让你变得更好的人，他自己已经变了。也许你再也听不到有关他的消息了，也许你只是见过他一面而已。

但这样就够了。你也许永远不知道他全部的故事，你也不需要知道他全部的故事。他也许也不知道自己在什么时候、在什么情形下，照亮了你人生的一小片宇宙，但他实实在在地发光了，为你照亮了前面的路。

就像你头顶不知道名字的星星一样，它兀自地发光，然后消失不见，你根本不知道它是来自哪个星系。可它就是发光了。你能听到你心里的声音，那些属于你的声音告诉你，因为这些光，你心里有一块地方变得柔软了，尽管将来这块地方关于他的痕迹变得无影无踪。

不管他是谁，请不要把他割舍下，即便他早已走远了。他不再唱了，他不再出现了，他不拍电影了，他离开这学校了或者怎么样，不管他会不会记得，不管他会不会知道我的喜欢，我知道就好，我记得我的生活是怎样一点点被改变的就好。

后来，有人在你博客里留言，说不管你们去哪里，都会追随你。

你回复说：“我知道，所以我常回头等你。”

后来的后来，你在博客里对我们说：“不哭，不怕，不孤单，等待出头天。”

这篇文章献给我们曾经爱过的遥远的那个人。

于我，你们是五月天。

因为你们，我变得更好了，这样就足够了。

只希望很久之后，我还能很骄傲地说：“没错，我还在听五月天。”

只希望很久之后，你们能看到这篇文章，然后对我说：“原来这就是你笔下的，五月天。”

background music——**五月天《星空》**

你唯一能把握的，是变成最好的自己

我知道也许我们有一天会放弃现在所说的梦想。

会忘记现在所爱的歌曲，

但这都没关系。

我可以平凡但我绝不平庸，

我可以忙碌但我绝不焦虑，

我可以谙于世事但我绝不世故，

我可以被忽略但我绝不因此忽略别人，

我无所谓成功不成功，

但我在乎我自己的成长。

就像我常说的，

我无法掌握别人，

但我可以掌握自己。

我唯一能把握的，

是我会一直尽力走下去，

不为了别的，

为了给我自己一个交代。

（一）

我们去看一部电影，无非是想从电影里看到我们自己。比如《星空》，比如《失恋33天》，比如《那些年，我们一起追的女孩》，只是毫无例外地我们无法跟着电影里的人物一起长大。你不是13岁，你也不是17岁，你失恋早就过了33天，你的身边也没能有个王小贱。回忆没有变，离开的是我们自己。

前两天看邮件还有人对我说，好像身边能说话的人越来越少了。我想了想似乎真是这样，这个世界上有太多的事情是我们无法掌握的，你不知道谁明天会离开，你不知道意外和你等的人谁先到。有些人你哪怕抓得再紧，虽然你心里完全不想放弃她，可是偏偏你们的距离越拉越远，交集越来越少，最后变成了回忆角落里的一张旧照片。

最可怕的是因为怕失去而放弃拥有的权利。我们都会遇到很多人，会告别很多人，会继续往前走，也许还会爱上那么几个人，弄丢那么几个人。关键在于，谁愿意为你停下脚步？对于生命中每一个这样的人，一千一万个感激。

被忽略被遗忘，死党变得疏远直至陌生，那都是没办法的，我能把握的只有我自己。我们总不能老指望失恋的时候身边有个王小贱，胃痛的时候家就在身边，生活如此地不靠谱，我们只有把自己变靠谱。

（二）

其实感情和梦想都是特冷暖自知的事儿，你想要跟别人描述吧，还真不一定能描述得好，说不定你的一番苦闷在别人眼里显得莫名其妙。喜欢人家的是你又不是别人，别人再怎么出谋划策，最后决策的不还是你；你的梦想是你自己的又不是别人的，可能在你眼里看来意义重大，在他们眼里无聊得根本不值一提。

大人的世界总是连说明书都厚厚一本，你会发现越来越多的事情都一样会有个原因，踢球就一定要进球，就连旅行都一定要发现自我。有些事情你很努力很努力做了也做不好，他们没有看到你的努力只看到了结果。梦想这东西越发像断了线的气球，已经不知道飞到哪里去了。

有时候就在想啊，我们苦逼来苦逼去，到底是为了什么？或者是为了那些我们不能放弃的，我们都放弃了一些什么？为什么要在图书馆里背单词？为什么要在一个没有归属感的地方生活？为什么要离开家、离开亲人？

好像渐渐地找不到原因了。

（三）

可总有一些人、一些事偏偏是不需要理由的，比如天空的颜色，比如连你自己都不知道为什么会喜欢上的那个人，比如昨天擦肩而过的人变成了你今天的知己。梦想这东西，最美妙的在于你可以制造它，重温它。看一本书，听一首歌，去一个地方，梦想就能重新发芽，那个在你体内扎根的与生俱来的梦想。

你说你为什么会喜欢那个人？谁知道，喜欢上就是喜欢上了。你说有时候觉得生活很不靠谱吧，却又能咬着牙走很远很远。有时候觉得离开那个人就要过不下去了，却还是过来了，或者说沉淀了，原来爱情没想象中的那么重要。你不再整天把爱情挂在嘴上，你不再觉得寂寞那么可怕了，没错，你现在是一个人，可是谁说这样的你不强大而又潇洒呢？

我常常鼓励大家要去实现梦想，《孤独是你的必修课》里这么说，《没有到不了的明天》里这么说，《愿有人陪你颠沛流离》里也这么说。因为我们唯一能把握的事情是成为最好的自己，我们可以不成功，但是我们不能不成长，没有什么比背叛自己更可怕。

你唯一能把握的，是变成最好的自己。

也许你最后也没能牵到那个女生的手，但是你付出了就不会有遗憾；也许最后你也只是默默无闻，但你曾经为了将来努力奋斗了一把；也许你最后也没能环游世界，可是你在实现梦想的途中找到了自己。那是能够为了一个目标默默努力的自己，不抱怨，不浮躁，不害怕孤单，能很好地处理寂寞，沉默却又努力的自己。说不定你想要苦苦追寻的梦想，已经握在你手中了。

（四）

我们会觉得焦虑，无非因为现在的我们，跟想象中的自己很有距离。不喜欢现在的自己，只有拼命地想办法去改变，只有马上行动起来，因为这个事情只有你自己能做到，只有你自己能找到出口。不要害怕改变，那些真正爱你的人会理解你，会包容你的缺点，接受你的改变，祝福你的未来。而那些说你变了的人，不用理会他们，那只是因为你不再按照他们想要的轨迹生活而已。记住那些一直陪着你、懂你沉默的人，忘记那些说你变了、远离你的人。

事实上，你不会发现自己有多强大，直到有一天你发现你身边的支点都倒下了，你也没有倒下。没有人能打倒你，除了你自己，你要学会捂上自己的耳朵，不去听那些熙熙攘攘的声音。这个世界上没有不苦逼的人，真正能治愈自己的，只有你自己。

记住什么都失去的时候，未来还在，好吗？挫折一再来临的时候，接受它，然后撑过去。谁没有难过孤单过呢？谁没有失落苦逼过呢？谁年轻的时候没爱错过几个人呢？谁没被几个人拉进黑名单过呢？那些伤不是都慢慢地愈合了吗？你不是已经撑过来了吗？

你已经变成更好的你了，那么继续勇敢地追寻下去，等下去，等待对的人，等待阳光照到你梦想的那天。总有一天我们都老了，不会遗憾就OK了。

总有一天，我们都能强大到无论什么都无法扰乱我们内心的平和。

background music——Coldplay *Paradise*

旅行的意义

我之所以这么喜欢甚至偏执于一个人旅行的原因
一是喜欢一个人拖着行李，
在候机大厅或者车站的惺惺作态，
让我更有存在感，
二是因为在陌生的环境和国度里，
我能更好地学会怎么和自己相处。
旅行从没有它听起来那么神奇，
它很累它也不美丽，
但它能让你在逃离和孤独中找到自己。

当一个词频繁出现的时候，就会不可避免地让人产生抵触情绪，比如“小清新”，比如“旅行”。大多数人说着旅行的意义，我觉得旅行有多大的意义完全在于你自己，旅行能让你的感觉变敏锐，然而如果只是为了旅行而旅行的话，那些细微的感觉是很难被发觉的。

然而也许现在最大的问题便是，我们混淆了旅行的意义。我们去热门拥挤的景点，我们拍光鲜亮丽的照片，我们把自己镶嵌在照片里，去完一个地方接着去另一个地方，每到一个地方最重要的事情便是拍照。如果说原来旅行的意义是为了散心和看看这世界，那么这样的旅行变成了赶时间和拍宣传照。

这就是为什么我不喜欢跟着旅行团去旅行，因为那样的旅行永远只是在赶路，目的太明显。去西藏就一定要去朝圣，去云南就一定是小桥流水，对我来说，旅行是一件很自我的事情，它能让我把经历的生活的琐屑和回忆串联起来，让我能更从容地面对生活带来的一切。

音乐大概是我旅行最不能缺少的东西，我可以不带相机甚至不带行李，唯独少不了音乐。音乐这东西的魔力就在于，它能够把一段看似无比漫长的等待无限地缩短，它也可以把看似短暂的时光无限拉长。在音乐里，我能看到不同的世界。当我每次在旅途中听到自己喜欢的那些歌时，我就会觉得以前的一切都变成音符慢慢地浮现，让我觉得自己似乎在以另外一种节奏生活着。那是我一点点的累积，那是我自己的节奏，那也是和以往不同的另一个自己。

墨尔本的天空很蓝，一个人走走停停，去了南半球最大的教堂，这是一个人来人往却又安静的城市。人们奔走在街角，看到的是坐在路边相爱的老人，看到的是坐在图书馆前晒着阳光聊天的惬意。

纽约的高楼大厦令人称奇的同时也会给人带来压抑感，你可以看到穿着时尚的年轻人，你可以看到奢华绚丽的奢侈品店，你可以看到炫酷的跑车，而在夜晚，你也可以看到在街边蜷缩着的穷人，而不远处，是喧闹的灯景。人们在这里，看到的是机遇，看到的是梦想，看到的是成败。这是很多人梦开始的地方，也是更多人梦破碎的地方。

而在中国，上海自不必说，这里同样是一个两极对立的城市，富有者和贫穷者一同在这座城市生活着。偶尔还是能看到有人会在人群中走着，会停下脚步看看天空，会拿着相机拍着风景。我总是觉得这座城市一切都变得速食化了，也许有一天，我也会变成这样铜墙铁壁的大人。然而在这样的一座城市，依旧能看到人们对于爱情的向往，对于梦想的努力。它像一座巨大的时钟，人们会聚成了这样的一个时代，而我们都是这其中的一部分。

至于堪培拉，大概是这个世界上最不像首都的首都了吧。树木的覆盖率高得惊人，从飞机上往下看，是大片大片的山丘和绿色。喜欢这里的蓝天，喜欢这里的树木，喜欢走在路上会对你微笑的和善老人，喜欢门前的大树和树荫下的蚂蚁。当然也有让人讨厌的，比如这里的公车从来不准时，比如这里永远不是我的家，即便我在这里生活了三年多。

在一座没有很多人认识我的城市，我可以放肆地拍照、放肆地闹。

可以一个人在街头拿着地图琢磨接下去要走的方向。

或者可以坐在广场听着自己喜欢的歌、看着走过的行人，想象着他们各自经历的人生。

我也可以在看到自己喜欢的风景时突然停下脚步，不用担心会打扰其他任何人。

于是我觉得旅行其实没有那么浪漫，那些看到的美景也许根本没有意义，那些拍下的照片也许就放在角落了，重要的是，它能让我们认识自己。

我们为什么要旅行呢？杰克·凯鲁亚克说，我们非去不可，在到达之前绝不停止。我不知道我们要去哪里，但我们非去不可。新井一二三在书里说：如果不读书，行万里路就不过是个邮差；可是连路都不行走，连国门也不跨出，就连邮差也不如。路是人走出来的，知识是前行中随时汲取的。

死党提米说，他想要去看看不一样的生活，想要让自己的生活不是一种色调，丰富多彩。在欧洲遇到的女生说，她曾经因为喜欢书名而不管内容买下了一本书，那本书的书名是《独立，从一个人旅行开始》。

后来我才开始明白，没有人能免得了孤单，尤其是我们还年轻的时候，因为我们的心是孤单的。觉得家乡容不下我们，所以我们义无反顾地出去闯，所以我们想要去很多地方。可是发现无论到了哪里，无论身边有多少人，还是孤单的。而家乡，再也回不去了。

这些都是没办法的，年轻总是免不了一场孤单的旅程。只要你的心还是孤单的，无论到了哪里，都是一样的。风景很重要吗？是的，但不是最重要的。重要的是，你怎么在陌生的地方面对孤独的自己。

我想，喜欢上旅行的人，都是想要暂时逃离自己城市里那熟悉却沉重的空气。背上背包，戴上耳机，卸下平日里所有的伪装，去一个陌生的城市，寻找的却是自己。

我想，喜欢上回忆的人，都是想要暂时逃离眼前生活里那琐屑和孤单的现实。回忆里的世界总是比较美，回忆里的那个自己，却已经陌生了。回忆回不去了，未来呢，又在哪里？

我想，喜欢上文字的人，都是想要在喧闹的世界里安静地用心生活着的人。正因为这样，这样的人会孤单得多，因为我们总是想要用寥寥几句照亮整个孤单的宇宙。

没有人能免得了孤单，年轻的心总是孤单的。我们只有去习惯它，然后内心才能变得很强大。

去做梦，因为我们不能未曾绽放就枯萎，我们不能未曾努力就放弃。

去寻找，正是因为没有方向，才要努力去寻找。

去相信，因为这个世界并不像你说得真的那么坏，未来还没有过去。

去坚持，因为只有自己才能让自己发光，就算世界来阻止你都没有关系。

去倔强，因为你身后还有一群死党，你的头顶还有一片湛蓝的天空，你的耳机里有自己喜欢的音乐，你从来不曾一无所有。

生活没有地图来指引，所以我们都拥有自由。在你拥有自由的时候，你却不去想去的地方，在你有能力出走的时候，你却不给自己一次出走，反而做着一再上网刷网页这种老了以后也能做的事情，那么给你这样的青春、这样的自由又有什么用呢？

别再多想别再犹豫，当你在一个人孤单的旅途中，你才能看到生活的另一面，才能看到世界的丰富性，才能找到你自己的节奏。当一个人忘记自己又想起自己是谁的时候，才能真正自由，才能发现你自己未知的可能性。但这一切的前提是，在旅途中，你用心地去感受了。

走吧，去巴黎看铁塔，去伦敦看街景，去日本看樱花，去午夜的巴塞罗那，去丽江的小桥人家，去看每一处你想去的风景。走吧，用你的双脚站在你想站在的大地上，用你的眼睛记录下每一片风景，用你的心去拥抱这个世界。

然后最重要的是，在旅途中，发现那个消失了很久的你自己，这无关风景，无关社交网络，无关其他任何人，这是你自己的力量。

background music——**陈绮贞《旅行的意义》**

一路上，遇见的人

曾经有人问我最喜欢旅行中的哪个部分。

我说，

我最喜欢的那部分是：

遇到一些人，

交换彼此的故事，

然后与他们告别。

当你遇到了很多不同的人，

体验了很多不同的感受之后，

你会发现，

其实生命没有那么狭小，

其实你也没有那么孤独，

其实前方就是出口。

至于那个去往的“别处”到底是世外桃源还是荒蛮之地，

其实也就没那么重要了。

曾经三天内坐了七次飞机，从一开始的期待变成坐得头疼腿麻，可是只要飞机起飞的瞬间，我的心情就会归于平静。在飞机上看完一本书，揉揉泛红的眼睛，坐在三万英尺的高空看向窗外，看不知道名字的云，看说不清楚的风景，感觉整个人都很平静。

在这些没有语言的时刻，回忆总是会突然冒上来。你有没有听着耳机里的音乐看着窗外的风景，试着深呼吸？

但我印象最深刻的地方，不是去往的地方看到的风景，也不是在飞机上的所感所想，而是在候机大厅感受到的一切。因为这里会聚了所有的离合悲欢，所有的憧憬希望。我喜欢一个人拖着行李，走在候机大厅里，看着不同的人或步履匆匆或闲情逸致地经过，感受周围不同的情绪，想象着他们各自度过的人生。

第一次飞墨尔本的时候，我头都没有回，直接走进安检。我妈说还好我没回头，不然她肯定会觉得特别难过。那天坐在座位上看着窗外的飞机起飞又降落，不知道有多少人像我一样被飞机带着飞离家乡。

一年以后，从墨尔本回国，还是在安检的地方看到一对情侣，男生抱着女生拼命地安慰，女生拼命地点头，最后女生挤出笑容挥手再见。后来我在候机厅里乱逛的时候，看到了那个女生，她坐在角落里边看手机边擦眼泪。

从悉尼飞欧洲的时候，因为第一次真正意义上的单人出国旅行而兴奋不已，坐在机场里居然按捺不住自己的兴奋。身旁正好有个中国女生，我们是整个航班仅有的几个亚洲面孔。我就跟她攀谈起来，得知她也即将一个人踏上旅行的路程。

我问她为什么想要去那些地方看看，她说没有为什么，还反问我，为什么一定要有原因呢?

临走的时候我看到她瘦弱的身躯，觉得她一定是个心灵强大的人。幸运的是，我们到现在还保持着联系，互寄明信片。

也遇到过一个很漂亮的姑娘，一身名牌奢侈品的包，妆容精致。经过她的时候，她一直在打电话，转了一圈回来的时候发现她跟身旁的阿姨攀谈起来。她很有礼貌地一直在用“您”，过了半晌要登机了，她帮阿姨拎着一个包，跟她有说有笑地进了飞机。

我想，我们太习惯于用一个人的外表来评判这个人本身，一个人的品行跟你的出身、外貌根本没有任何关系。我记得，当我们生活中的一个美女的设计作品得奖的时候，朋友背后都在纷纷猜测她是用了什么手段。直到后来我们看到了她的相册中记录的一点一滴的努力，羞愧得无地自容。

你会变成一个什么样的人，完完全全在于你的选择。

还曾遇到一个小伙子，2010年的时候，他跟我说起他现在被迫回国了，因为家庭的原因。又因为被迫回国，他不得不放弃学业和一份感情。他说，这个世界上最无奈的事情，莫过于你明明有机会有能力去做好一件事情，但是不得不放弃。

看着他一脸轻松的样子，像在描述着别人的故事。他对我说："生活中，并不是自己努力就什么都可以做到的。很多时候我们都会无能为力，大家都一样，没必要为难自己。人生很长，要看到新的希望；人生又很短，如果一直用消极情绪困扰自己，就太不值得了。"

我常常想，也许旅行就是如此，遇到谁比看到什么风景更重要。遇到一些人，听他们的故事，告别之后各自起程前往各自的目的地，这样子刚刚好。你甚至不需要记住他们的名字、他们的样子，但他们所说的话、所说的故事，会萦绕在你身边，伴随着你成长。

那时，我从没觉得这些会对我的生活有那么多影响。但生活就是一点点小事堆砌起来的，我们不会因为一次旅行就改变人生轨迹，也不会因为一次挫折就止步不前。生命这东西，是一个积累的过程，当你出走去看世界的时候，就可能会产生质的变化。

我还遇到过一对老人，在悉尼机场，他们互相搀扶着边走边逛。我拖着小箱子跟在他们后面，也不自觉地放慢自己的脚步。不知道为什么，每次看到老人们互相搀扶着的背影，都会觉得特别感动。

我也不记得是有多少次，在机场看到留学生们或难过或痛哭的神情。一如 M 说的那样：那些难过流泪的人，即便坐在角落里一个人伤心难过，即使知道面对的旅程不会轻松，也绝不会回头。

虽然一个人在外生活很不容易，去往一个新的地方也需要放弃很多。你需要暂别繁重的学业或是工作，放下生活中让你无法抽身的烦琐事情，去往一个陌生的地方，最终回归自己的生活后，可能会为了之前落下的工作焦头烂额。饶是如此，还是有那么多人前赴后继地出发了。

我觉得喜欢上旅行的人，大多偏执得让人无法理解，却又不愿意去向别人解释自已。你说登山的人为什么一直要去那么险峻的地方呢？是因为他们一直无法达成的渴望，是因为那个所谓荒唐偏执的愿望。

你需要给自己来一次没有目的地的单人旅行。不刻意去看风景，只需要漫无目的地融入陌生的城市，彻底地忘记自己是谁，然后重新想起那个最真实的你。

说到底，你选择过什么样的生活，就一定会过上什么样的生活。

世界很大，而且很有趣，它远远不只读书、工作、买房、生子这么简单。一路上遇到的人，也许比沿路的风景更重要，因为他们会让你发现，其实人生很有趣，其实生活不止一种活法。

人生的丰富性，远远值得用诸多代价去交换。

那天，从悉尼坐大巴回堪培拉。赶了一路的我疲惫不堪，还拖着两只大箱子。回家的时候，在门口的邮箱里看到了两张明信片，是那个女生寄给我的。她说后面的旅行累坏了，跟我分开后还迷路了好几次。她还说，她很开心能遇到我。

于是就在那一刻，在一个几十平方米的房间里，胳膊酸痛、胡子拉碴、眼睛快睁不开的我，跟这个世界来了一次奇妙的共振。

background music——五月天《花火》

你永远不知道，
在你离开家的这段时间里，
你的父母有多么想你

曾经也有个阶段觉得父母不可理喻，

想离家越远越好。

离开家了才发现，

其实他们也有梦想，

也曾经风华正茂，

只是他们的梦想变成了我，

我过得好他们就好。

如果没有我，

他们早就实现梦了。

在你为了感情要死要活的时候，

当你累的时候，

想想你身后的父母正在为你打拼，

这就是你今天需要坚强的理由。

其实写过的东西、写过的文章也不少了，可总是很少写爸妈，我说不清为什么我一直不知道怎么用文字来描述他们，大概我就是一个词穷的人，尤其是对着这样一直陪伴着我的两个人。

生活过得不咸不淡，很忙却也有条不紊地进行着。最近睡眠质量又开始频繁地出问题，头很痛，眼睛也睁不开，上课的时候听着lecturer的英语觉得头大。还是习惯走路的时候听歌，选几首节奏轻快的歌听，揉揉太阳穴希望自己的精神能好一些。只是这些我都习惯了，也不会觉得难过。

真正让我觉得难过的是国内每一次节假日的时候，每当这时都能看到朋友们说着马上要回家的兴奋，而我只能在南半球想着家人过得怎么样。

堪培拉已经越来越冷了，不知道地球另外一边的他们是不是在为了越来越热的天气烦恼。

其实自己一直挺不懂事的，每次跟大洋彼岸的爸妈聊天之后才会懊悔为什么不能多说一会儿，回国了又总是在外面陪着朋友，经常不回家吃饭，也没有好好陪他们。

每次回家的时候我都会想，为什么明明全世界最爱我的两个人已经在我身旁了，我还是要义无反顾地离开家呢？

我不记得从什么时候起习惯把妈妈叫成老妈、爸爸叫成老爸。后来，我妈有一天突然半开玩笑地说，能不能别叫我老妈，这样显得很老，我才发现他们居然那么快就老了。直到现在，我已经这么大了，出国这么久了，在他们的眼里我还是个小孩子，可每次一有时间打越洋电话或者视频的时候，他们还是会不停地嘱咐，害怕我过得不好。

其实，我早就可以把自己照顾得很好，可他们总还是会担心。

我妈呢，唠唠叨叨的，外加轻微的洁癖，总是不让我碰这碰那的，小时候为了她的这个毛病跟她吵了很久。大了一些又开始厌烦她说的那些大道理，直到最近几年才明白，原来她说的都是真理。我妈每次跟我视频都会问我钱够不够用什么的，我都说够了，可她下次还是会问。我妈赚钱挺辛苦的，每次回国都能听到她电话里为业务忙来忙去。其实我知道她就是担心我过得不好，所以我从未在她面前示弱过一次。虽然我常常跟我妈闹别扭，可是在我心里，她就是全世界最漂亮的女人，没有之一。

跟唠叨的我妈比起来，我爸跟我的交流就少得多。小时候特别怕他，只要他瞪我一眼，我肯定乖乖地一动不动。大了一些，他就开始忙起来了，也没空管我，家长会从来都是我妈去，印象里他去的唯一一次还是因为我考了年级前五。高中我也很不负众望地考进了重点高中的重点班，就在我以为我的未来就是考一个很好的大学、找一个很好的工作的时候，我爸跟我说，出国去看看也好。再后来有一天我发现，我居然已经高出我爸很多了，他总是不服输地说我比他没高多少，不知道为什么，他每次这么说我都觉得很心疼。

为了看到远方我的样子，他们愿意在电脑前等几个小时。

爷爷奶奶就更疼我了，我常常想，也许我生在这个家庭就是我这辈子做的最好的决定之一。

小时候想去书店了就缠着奶奶，也不管她的身体到底好不好。那时候的夏天很热，等公交车的地方只有一个站牌，根本没有地方躲太阳，奶奶就帮我挡太阳。直到有一天我发现，曾经高大的背影已经只能够到我的肩膀了。

我爸总是对我很严厉，我妈很喜欢唠叨，可是他们总对别人说，我们家儿子怎么样怎么样，我才知道我在他们心里的分量有多重。有时候，人会觉得过不去是因为他只想到自己，想想自己身后的亲人和爸妈，就会觉得没有什么是过不去的。

孔子说，父母在，不远游，游必有方。我们出国留学，跟朋友挥手告别，跟爱人宣誓等待，唯一忽略的是父母。我们也许永远不知道，在我们转过身的一瞬间，他们流下了多少眼泪。如果可以，他们一定愿意再陪我们成长一次。

那天我踏上去异国他乡的飞机的时候没能明白，直到出国这么多年以后，我才明白，从那一刻起就决定了我无法回头的青春，这条路你不能回头、不能退缩，因为这是你选的。

所有漂泊的人只是为了有一天能不再漂泊，所有流浪的人只是为了有一天能不再流浪。我们只是想变得更好，能够在父母老去之前支撑起他们，就像他们之前一直做的那样。

这就是为什么我们离开家，我们流浪我们漂泊，我们想要去远方。

当你看书看到半夜两眼通红的时候，当你坐在公车里看着街景倒退两眼放空的时候，当你听完一首歌看完一段视频发现寂静的黑夜里只有你自己的时候，当你一个人走在街头翻着通讯录不知道应该打给谁的时候，当你独自穿越人群看着两边的灯火找不到一丝归属感的时候，当你一个人穿过半座城市发觉这座城市不再属于你的时候……

你就应该拿起一本书，听一首歌，想想身后的父母；你就应该回家，回到你的亲人身边去。

background music——**石进《夜的钢琴曲》**

黎明前的黑暗总是最黑的，但破晓即将为等待它的人来临

与其说我一路努力是为了改变世界，
不如说我一路努力只是为了不让世界改变，
能找到一种自由与平和。
如果你要问我这样的一种自由与平和是什么，
我会说那是我自身的力量，
是我自己给自己的安全感，
我无须害怕它会离开，
也无须担心世界会变得怎么样。
我的梦想是什么？
没别的，
我想要有一天，
我能够用我自己的力量平稳地站在大地上，
能平和地接受生活给予的得失和喜悲，
并尽可能地保护身边的人，
尤其是我的亲人。

（一）

2010年从墨尔本搬到堪培拉。因为当时是从国内直接去堪培拉，所以在墨尔本的好友一个都没有见到。过了一年我回墨尔本，发现一个很好的朋友已经回了国，至今也没能见到面。

有一天我整理邮箱的时候，发现了他很久之前发来的邮件，那是我在国外的第一个生日。他说：Happy birthday，everything will be OK. 我说：Thanks，hopefully we can celebrate my every following birthday together. 然后没想到，现在已经不怎么联系了。

那天我在微博里写："有人要提前回国，有人想多待一年；有人刚刚到达，有人已要离开；有人说后悔来这里，有人说还好来过这里；有人起程准备旅行，有人安定不想出走；有人异地分手，有人坚守感情不放手；有人哭过，有人笑着。留学这些年，我学到最多的不是英语和专业，而是平静地面对成长的无奈。相逢的人，总能再相逢的。”

有人曾经是你生活里的一部分，然后那个人悄无声息地离开你的生活。现在的我觉得，我之所以会那么讨厌甚至排斥离别，是因为我害怕面对离别后那个孤独的自己。

回忆这种东西，太容易依附在某一首歌、某一个人、某一部电影上。在听到那些歌、想起那些人、重新看那部电影的时候，你会发现回忆依旧鲜活，兀自提醒着你陪伴你的人已经远去，而那些时光是多么美好。

去年我又回了一次墨尔本，可能是最近的一段时间里最后一次回去，只是这次我有留恋，却并不伤感。

我还记得第一次从飞机上往下俯瞰墨尔本的时候，除了 City 那块儿有高楼以外，其他地方的建筑清一色的不超过三层。刚到墨尔本的第二天，我一个人去 City，结果不出意外地迷路了。走在大街上，竟然有陌生的鬼佬问我是不是发生什么事了。我说我迷路了，他就直接一路把我带到了火车站，还给我买了车票。现在我觉得，当时我的脸色一定糟糕透了，才能让他看出来我的窘迫。

第一次离开家自己找房子住，跟哥们儿花了几天把墨尔本 City 周边的房子都看了个遍，好不容易找到一个满意的。就当我们兴冲冲地想要搬进去的时候，那边却跟我们说不好意思，把押金退给我们了。

或者是第一次去看五月天墨尔本演唱会，坐Tram到演唱会门口，才发现钱包丢了，连带着钥匙和演唱会门票都不翼而飞。我走到火车站的门口，却又不知怎么的不想回家，就坐在台阶上一边听歌一边望天。我有没有告诉过你，墨尔本的晚上，抬起头时能看到银河？

这五年，因为独处的时间出奇地多，让我回忆起来觉得像一部冗长的黑白电影，没有什么曲折的故事。你只有从害怕一个人吃饭，害怕一个人坐车，到习惯一个人面对生活的波折而从容不迫，才能真正明白孤独到底是一个什么样的东西。它是你的一部分，它是天使也是魔鬼，它能让你变得更好，也能让你万劫不复。你无法逃离它，你只有面对它。

其实一个人没有什么可怕的，可怕的是无法面对孤独的自己，可我们又不得不面对独处。特别是随着成长，越来越多的人离开你的生活之后，你会发现真正能依靠的，只有自己。说来也许很残酷，但是在你最难过的时候，可能没有人能够陪伴在你的身边。

出国第二年，我开始学做饭。让我没有想到的是身边的哥们儿做饭水平都不低，倒是有些女性朋友的做饭水平难以恭维。我学做饭一方面是为了消磨时间，另一方面也是为了省钱，只是在第一个月里，我花了比预计多得多的时间在学做饭这件事情上。

一个月后，提米和Ray同学才能不皱着眉头吃下我做的饭。

有时候也会想，为什么等到有一天你有能力照顾好自己、照顾好别人的时候，那些曾经在你什么都不会的时候照顾过你的人，都不在身边了呢？

（二）

我从没想到有一天我会到堪培拉。

堪培拉不同于墨尔本和悉尼，虽然它是澳大利亚的首都，但也只是一个农村而已。当年澳大利亚政府在悉尼和墨尔本之间选择首都，最后实在是抉择不了，才在墨尔本和悉尼的中间选了一个渔村做首都，这就是后来的堪培拉。

这也许是全世界最不像首都的首都了，因为这里只是墨尔本大小的几分之一而已，甚至可以说是十分之一，这里甚至没有一个国际机场。举个例子来佐证这里的荒凉程度：某天我从学校回家，甚至在路边看到了几只活蹦乱跳的袋鼠。

当时还在墨尔本的时候来堪培拉旅游过一次，那时的我想，让我在这地方待上几年，一定会觉得无聊透顶。未承想才过了几个月，我就到了一个叫作澳洲国立大学的地方，我就到了堪培拉。天知道为什么，说不定冥冥之中有一种东西在牵引着我们，直到我们安定下来，才发现原来一路走来都有迹可循。

之后有过那么一段时间，我开始觉得没有动力。身边的强人越来越多，跟他们比起来，我没有波澜起伏的经历，没有优异过人的成绩，慢慢地，我突然发现，好像自己的雄心壮志在一夜间消失了。偏偏坚持了很久的异地恋还是没能逃过分手的命运，打工打了一个月头昏眼花的同时，发现手里的积蓄根本没有多多少。

当你没有动力的时候，甚至都不想在清晨起床，明明已经醒了，明明已经睡不着了，但就是不想从床上爬起来。那时，我无比讨厌阳光，宁可缩在黑夜里面。

那时坚持良久的异地恋还是没能逃过分手的结果，奇怪的是，当我很久以后回头看，我甚至忘记了当初分手的理由。当时让我们争吵的，也许不过是一件毫不起眼的小事而已，也许我们只是为了争吵而争吵。

有一天跟我爸妈视频完之后，我发觉自己不能再这么下去。我一个人来到大洋彼岸，从一个城市到另一个城市，难道只是为了窝在自己的小房间里自怨自艾？

那天我突然想，为什么我总是在羡慕那些闪闪发光神祇般的人，而什么都不做呢？光羡慕一点儿用都没有，我想我要做的，就是变成那样的人。要变成能让自己的人生发光的人，虽然那很难，需要付出很多，但我相信我就是能做到。

所以常有人问我怎么可以更快地摆脱消极情绪。我只能说，你只能自己度过那段日子，没人能帮你。无论如何都要记得，这并不是你想要的人生，你现在可以孤独难过，但你一定要走出去。你一定要相信自己，相信自己能走过这条遥远的道路。

当你觉得迷茫或者不知道该干什么的时候，就把手头的事情做好。我觉得无论走哪条路都可以走得很好，做什么不重要，重要的是怎么做；生活在哪里不重要，重要的是，你怎么生活。

（三）

第三年，开始察觉到自己的改变。对于很多突发而又莫名其妙的事情，我从一开始的愤愤不平到现在可以坦然地接受它。以前总是迫不及待地想要表达自己的想法，现在学会了沉默，这并不代表我认输了，这恰恰代表着我会更加努力。

大概是因为一个人生活习惯了，越发的神经大条起来。

我经常出门忘带手机，或者是摸摸口袋发现钥匙又放在家里了。有时候也奇怪，明明写文字的时候可以细腻得一塌糊涂，一到白天却怎么又那么神经大条呢？还是不可救药地习惯熬夜，不管是需要熬夜复习做论题，还是空闲的日子听歌看电影，我都会至少拖到凌晨三点以后才睡觉。虽然朋友常劝我早睡，但我觉得没什么，至少在每个孤单天亮的时候，我都能清醒地知道自己想要什么，知道明天醒来我应该怎么走。

我也能更好地与自己相处了，特别是和那个失败的自己相处。我可以坦然地接受失败，不管那是熬了好几个通宵做的project得了低分，还是赶出的稿子被驳回。因为我知道我能做的，就是把这些做得更好。

一个人生活久了，就会发现有些事情不去那么在意，那么总有一天，它就会变成不那么珍贵的事情，感情亦是如此。那些你以为珍贵的人，你不去联系他，他也不会来联系你，最后渐渐变成陌路。

成长不过是你哪怕难过得快死掉了，但你第二天还是照常去上课上班。没有人知道你发生了什么，也没有人在意你发生了什么。

世界归根结底是我们一个人得去扛起的，所以你再怎么悲伤也没人能卸下你的负担，哭完了就得继续扛下去。

我常说一定要相信时光。虽然这是一句听起来很玄乎的话，却是切实的好道理。有人生得惊为天人，有人年少成名，有人含着金钥匙出生，但十几二十年后，你会发现有人泯然于众人，有人颓废狼狈。如果你不相信时光和努力，那么时光一定会第一个辜负你。

习惯是一个可怕的东西，但它也敌不过时光，有些习惯，说改掉，就真的改掉了。

（四）

堪培拉，我把青春献给你。

从一开始对你的毫无好感，到现在的留恋，是因为在这里我度过了最宝贵的那几年。在这里遇到的人、遇到的事，都是值得珍藏的回忆。

刚开始到这里的时候，觉得离开遥遥无期。只是时间是永不停止的火车，转眼就到现在了。好像还没准备好要认真地告别，就必须离开了。

这几年，这里的街景没有太多的变化，巴士还是那样的绿白色。鸽子出现在去图书馆必经的平台上，它们从来不怕人，哪怕人走近了也只是慵懒地挪挪脚步，甚至懒得扇动一下翅膀。走在路上会有人跟你搭话，下公车前要对司机说Thank You。学校的湖里有很多鸭子，有一次我莫名其妙地跟它们对视了很久。

好像有很多想说的，可是突然又不知道要写什么了。

我常想，如果让当初那个稚嫩的自己看看这几年的生活，他会不会说："这生活还真是又单调又无聊呢。"本来想着出国这些年，我应该能交好几个外国朋友，最好跟鬼妹谈一次恋爱，只是这些都没能实现。看起来，还真是糟糕呢。

这些年来我搬了将近十次家，辗转了三个城市，已经记不得坐了几次飞机，马上又要离开这个已经待了五年的澳洲了。我有留恋，但我并不伤感。前几天跟Faye聊起来的时候，她说自己曾经一个人在缅甸住了七天，那时候她觉得自己糟透了，然而现在回忆起来的时候，觉得那是一段很珍贵的回忆。

如同我的这些年一样，经历的时候我觉得糟透了，回想起来，却觉着那是一段特别珍贵的回忆。我可以很笃定地说，就是因为这些，我才变成了现在的我。

事到如今，我终于不再怀疑我来这里的决定是不是错了，我终于明白为什么我会站在一个离家八千多公里的地方了。

这是因为我的野心，不是因为那些学术，也不是因为这里真的比较好，而是因为我想要经历一种不一样的生活。我想要我的世界有一些不一样，我想要一个人好好看看这世界，所以我愿意接受所有的苦逼、所有的孤单。

因为我要的是那种闪闪发光的人生，我要的是一个不会使自己后悔的人生，我要的是那种能够让我在任何情况下都心平气和的心态，我要的是变成我自己的太阳。

说穿了，就是能够以自己的力量平稳地站在这个大地上。

（五）

那天我用两个通宵把assignment做完，回到家还赶了一篇稿子。瞥了一眼日期，我的留学生活已经正式进入了最后半年，好像过去了很久，又好像什么都没有过去。

留学生活要结尾了，但是生活还远远没有到尾声的时候，每个结局都是一个新的开始。

一个人通往自己梦想的路上，有太多太多让你停下脚步：可能因为觉得不安稳，可能是你还有其他的事情要做，可能是因为渐渐地没有了勇气，可能是因为失败挫折太多。但一个人会坚持走下去，原因只有一个，是因为你想要实现它。

也许几年后的我回头看，会觉得现在的自己不可救药地固执。但我想，等有一天我强大到足够能面对生活赋予的美好的、不美好的一切的时候，我该感谢现在的自己吧。

所以我庆幸着经历了这些年的流离，时光把我变成了一个更倔强的人。明知道蜷缩在床上更温暖，但还是一早就起床；明知道什么都不做比较轻松，但还是选择追逐梦想；明知道开始这段感情会一路崎岖，但还是选择坚守。

也许总有一天我们信仰的会失效、热爱的会消失，但永远记得，不管黑夜多么漫长不堪，黎明始终会如期而至。绝望的时候抬头看，希望的光一直在头上。在给自己一个交代之前，在还没有彻底甘心之前，请继续努力下去，直到有一天我们都能够以自己的力量平稳地站在大地上，那是属于你自己的力量，不必害怕它消失。

黎明前的黑暗总是最黑的，但破晓即将为等待它的人来临。以此写给我的这五年。

background music——**数码宝贝** *Butterfly*

愿我们都被这个世界温柔地爱着

有几天很晚的时候，
从街上回家，
看到有位老奶奶在街边卖马铃薯，
我都会买上几个。
那天我经过那里的时候，
老奶奶的脸冻得通红，
手套也破了，
我多买了几个还跟她说不用找钱了。
她却执意去旁边的KEDI（可的便利店）换了钱找给我，
还对我说晚上一个人很危险，
早点儿回家。

就是那么一个简单的举动，
我一直记到现在。
愿你也被这个世界温柔地爱着。

（一）

无论何时看到天灾之后的场景，我都会特别震惊和难过。既感慨于人类的脆弱，又不得不佩服大自然的强大。我突然想，如果我们最后都要归于尘土，我们爱着的人和那些还没实现的梦想应该怎么办呢？

我想，不管是谁，都对突如其来的灾难无能为力：曾经的生活一下子变成废墟，最爱的人也离你远去。可我们应该继续努力地生活下去，拨开生活的迷雾，在废墟中用力地前行，因为我们是幸存者，只有活着才有可能让生活变得更好。

不管你在世界的哪一个角落，请加油。生命有时候脆弱得可怕，但更多时候坚韧得超乎你的想象。

生活中的打击和挫折远比想象得更多，有时灾难又会让你的一切努力白费，也许明天我们就会死去，在面对种种不公和无奈之后，“如果明天你会失去昨天的一切，你是否依然坚定地爱着这个世界？”

我想我会。

（二）

堪培拉又下雨了，连绵不断的雨在这个地方很少见。又经历一次搬家，这次搬到了很远的地方，去学校得乘三十多分钟的Bus。从我家到车站要走将近十分钟，这天的雨比前几天的都要大。

其实我挺喜欢淋雨的，但那也仅限于雨不大的情况。本着不能感冒以及不想淋湿的基本原则，我全副武装地出门。下雨天，这条小巷显得更加空旷无人。在经过一个拐角的时候，突然出现的小狗吓了我一大跳。

它全身的毛都湿透了，眼睛也被淋得有些睁不开，想必已经在雨里淋了很久。它脖子上有项圈，不是流浪狗。它看到我，用力甩了甩身上的雨，然后朝我走过来。我蹲下来摸了摸它，把它带到附近的屋檐下，就继续赶往公交站台了。

雨下得很大，我到车站的时候恰好赶上公车到站。上车之后，我照例找了后排的位置坐下，习惯性地看向车外，意外地发现它一直跟在公车后面，边跑边叫。

我说不出自己是什么感觉，就像当时我看完《忠犬八公》一样，毫无例外地，我又被感动了一把。

它在路上淋了这么久，还是没有等到跟它走失的主人，那么它又是淋了多久，才遇到一个停下脚步走近它的人呢？

它在这个城市里迷失了，我们又何尝不是呢？我们又是在迷路了多久，才能遇到一个愿意为我们停下脚步的人呢？还是说，那些为我们停下脚步的人，已经被我们不知不觉弄丢了呢？

上课时，缇娜给我讲了一个她的御用冷笑话："你知道为什么大海是蓝的吗？"我愣了五秒，没有想出答案。她说："因为大海有鱼，鱼会吐泡泡：Blue，blue，hlue，blue，blue，blue...，"

然后我想，如果人类一直过度捕鱼的话，会不会有一天大海就不蓝了呢？

（三）

说说回国的时候发生的事情。

每次回国总能碰到朋友失恋，是夏天容易发生这些事情，还是我们的感情经历得太快？

苏州的天气说变就变，上午还是晴朗的天气，下午就下起了雷阵雨。接到某人电话的时候偏偏是雨最大的时候，但还是马上挂了电话出了家门。

等到我赶到的时候，那朋友已经淋得浑身湿透，我们撑伞他也拒绝。看着他在雨里淋着，我也不知道应该说什么。平时，他总是嘻嘻哈哈一副玩世不恭的形象，现在却坐在台阶上一言不发，我撑伞他也拒绝。我跟另外一个朋友只能站在旁边等他，然后就听到他说："你知道吗？一年多了，我心里的坎就是过不去，做梦梦到的是她，随手拨手机是她的号码，短信编辑一半不敢发过去，密码是她的生日，每天起来我都会恍惚，我都会觉得，好像她还会回来。"

因为陌生而在一起，最后因为熟悉而分开。

生活里有很多琐屑的似曾相识的东西难以用语言描述，这种感觉就好像你推开门，温柔的阳光迎面扑来，就好像你偶然看到了桌底一张泛黄的照片。

慢慢地，那些放不下的人就变成了这样一种熟悉而又陌生的感觉。

就在我胡思乱想的时候，他突然叹了口气，说："你说，为什么我就是没有办法讨厌这个给了我很多突然又把一切都带走的人呢？"

（四）

喜欢是什么？

喜欢是看着一个人的眼睛，即使捂住自己的耳朵也能听到她的声音；喜欢是你在她面前手足无措，做什么都觉得做不好；喜欢是你站在她身边，即使是寒冬也会感觉到温暖；喜欢是她会让你觉得即使是最绝望、最黑暗的夜，有她在身边也会有希望。

再往前一点儿。喜欢是你跟她一人一只耳机，分享同一首歌；喜欢是你坐在教室的最右边，上课时发呆地看着教室最左边的她；喜欢是每天早上早起十分钟，为了能在校门口跟她“偶遇”。

喜欢是那些年，我还没有出国也没有写书，我天天臭屁地说自己要实现梦想，你老是拍我的肩让我现实一点儿先把房间整理了。那时候你最喜欢穿靴子，还留着很长的头发和斜刘海儿，总是踮着脚跟我说，其实你也一点儿也不矮。

喜欢是你陪我听演唱会，我们都被带进了五月天的世界里，那时候你说我一直以来的愿望就是跟我爱的人听演唱会，现在这个愿望实现了。喜欢是你说你为了等我的短信，对着手机发呆了一整天，连吃饭的时候都不舍得把手机放下。

喜欢还是那年冬天，我给那个人戴围巾，她数落着围巾好丑啊，却怎么也不肯摘下来。

（五）

有时候，你会不会觉得生活有太多太多事情让你无可奈何？

小时候跌倒了，做的第一件事情是看看身旁有没有人。如果有，那就开始撒娇流眼泪，哭了之后被大人安慰一番，活蹦乱跳地像从没有跌倒过。

之后长大了跌倒了，做的第一件事情也是看看身旁有没有人。不同的是，如果有，那么再痛再难受也要表现出没什么大不了的，生怕别人看出你的脆弱来。

有时候，让我们在意难过的，不是跌倒也不是疼痛，而是我们期待着能够在你左右的那个人，他不在。

昨天还跟你很好的朋友，今天莫名其妙地吵架了。辛辛苦苦通宵赶出来的论题，被老板直接否定了。约好一起去看电影，因为堵车迟到了。就是有那么一些人对你的认知停留在表面上，觉得你常去夜店就把你贬得一无是处，你努力获得的东西他们总以为是用别的方式得到的。

管他呢。

他们看到你中午才起，不知道你天亮才睡；他们嘲笑你痴人说梦，看不到你背后的决心；他们看到你荣华围绕，看不到你辛酸努力；他们觉得你嘻嘻哈哈没心没肺，不知道你夜晚难过伤心。你必须非常努力，才能看起来毫不费力，即便躺着中枪，也要姿势漂亮。

仰天大笑出门去，苦逼岂能乱我心。

（六）

从前有只兔子撞在树上死了，有个人正好路过，就坐在树桩前，他在等待另外一只兔子。

第一天，他没有等到兔子，他有些失望。

第二天，蝴蝶飞来跟他说话，他闻到了花开的味道。

第三天，云朵变成了很多不一样的形状，他第一次看到云朵的变幻。

第四天，他身旁有株小草开始渐渐发芽，他从不远处的河边提来水，给它浇水。

第五天，终于有只兔子向着这里跑来。他赶紧挡在兔子身前，对它说："跑太快了会受伤的，有时候应该停下来。"

从前有只兔子喜欢上了一只狐狸，大家都觉得她很奇怪，你明明是只兔子，怎么会喜欢上狐狸呢？她自己也觉得很奇怪，所以一直在说服自己不要去喜欢狐狸，不能喜欢狐狸不能喜欢狐狸。可她没有办法控制自己的想法，最后她终于接受自己喜欢狐狸这个事实了，结果却越来越不开心，越来越压抑。

原因很简单，同伴们都笑她太傻，去喜欢全世界最狡猾的狐狸，而她自己也觉得狐狸不会喜欢她。终于有一天，她在森林里遇到了狐狸，那一瞬间她想要在地上找条缝儿钻进去。最后她还是鼓足勇气对狐狸说："狐狸先生，我知道自己不应该喜欢你，但我就是喜欢上你了。我喜欢你说的话，我喜欢你走路的姿势，我喜欢你喜欢的一切东西。"

狐狸看了看她说："那你要好好喜欢你自己。"

"啊？"

"因为你是我最喜欢的呀。"

从前还有另外一只兔子，叫兔小白。她身边有另外一只兔子叫兔小灰，他们从很久以前就在一起了，可是有一天兔小白觉得日子太无聊了，就对兔小灰说，她想要一个人去别的地方看看。

外面的世界比他们俩的窝精彩多了，她遇到了大象。她第一次看到这么高大的动物，对他仰慕不已。她天天待在大象身边，可是大象根本就没有看她一眼，后来她很难过地走开了。

她又遇到了狮子，狮子看起来威风凛凛，这是她家兔小灰根本做不到的。狮子跟兔子聊起天来，他们成了朋友。有一天狮子跟兔子约好去玩，结果走着走着，兔子发现自己跟不上狮子的速度，然后他们就走散了，兔小白为这个又难过了一阵子。

她又遇到了大灰狼，大灰狼看起来一副痞子样，也让兔小白觉得很新奇。与狮子和大象不同，大灰狼主动跟兔小白说起话来，展开攻势。正当兔小白决定要跟大灰狼在一起的时候，她发现原来大灰狼同时喜欢着很多动物。

兔小白觉得很难过，她想要回兔小灰的身边，可又觉得这些日子对不起兔小灰。正当她难过的时候，兔小灰拿着胡萝卜出现在她的面前，对她说："累了就回来，这里永远欢迎你。"

"这是你最喜欢吃的胡萝卜，他们都不懂胡萝卜的味道，但是我懂。"

（七）

最近一直很多梦，其实从小到大就一直在做很奇怪的梦。

小时候梦到自己被坏人绑架，郁闷的是这个梦一直梦了好几天，搞得我一度分不清梦和现实。不过还好最后的结局是我被人救了，安全地回了家。

再大一点儿，可能是好莱坞的电影看多了，就开始做很多科幻的梦，地球毁灭呀、海底城呀、宇宙飞船呀，这些我都梦过，可是梦里面我从来都不是救世主。

谈恋爱的时候，姑娘总跟我说梦到我好几次，我说我也梦到你了。不过其实谈恋爱的过程中，我还真的没梦到她几次（或者是我不记得了？），失恋之后倒是梦到过几次。后来看到有句话说："梦里出现的人，是因为她也在想你。"

虽然觉得这句话毫无科学依据，可还是努力去相信了。

再后来就是这几天了，老是梦到飞机出事故了，或者地震了，可能是最近白天我一直在看灾难片的缘故。每次醒过来，都会觉得活着真好。

最近总能看到很多年轻的生命，或生病或事故，离开这个世界。我们都是幸运的，虽然常常觉得很难受，可当我们为了感情纠结、为了梦想迷茫的时候，有人正为了生命而斗争。

我只愿所有人都能健健康康的。

这几天很晚的时候，从街上回家，都能看到有位老奶奶在街边卖马铃薯，我都会买上几个。今天是元旦，我想应该不会再看到她了。可我经过那里的时候，看到了老奶奶，她的脸冻得通红，手套也破了。

我多买了几个还跟她说不用找钱了，她却执意去旁边的KEDI（可的便利店）换了钱找给我，还对我说晚上一个人很危险，早点儿回家。

突然觉得这个世界真的很美好，只要我们还有能被感动的心。

人为什么要背负感情？是因为人们只有面对这些痛楚之后，才能变得强大，才能在面对那些无能为力的自然规律的时候，更好地安慰他人。

人为什么要背负梦想？是因为梦想这东西，即使你脆弱得随时会倒下，也没有人能夺走它；即使你真的是一条咸鱼，也没人能夺走你做梦的自由。

为什么依旧要去相信世界的美好？因为我们都曾被这世界温柔地爱过。

background music——**五月天《温柔》**

现在的我坐在飞机上，写着这么一篇后记。当坐飞机在某种程度上比坐地铁更频繁的时候，偶尔我也会有错觉：我是不是已经忘了一开始离开的原因？我一次又一次地离开，到底是为了追逐最初的梦想，还是因为生活的惯性？

人到了某个年纪，会突然长大。以前和朋友们出来喝茶都是聊足球、聊姑娘，想着下次旅行去哪里，想着下次玩些什么；现在的我只跟几个固定的好友小聚，聊的话题也变成了未来要做些什么，想要一个什么样的生活。

好像不知不觉这些遥远的东西就融入了我的生活。好友唐诚的一句话很贴切：“以前我们谈恋爱，只要喜欢就足够了，不会考虑更多。现在我们喜欢一个人，不可避免地会考虑到家庭，考虑到未来，我们都开始变得小心翼翼了。”

那天晚上我想着自己的变化，在微博里写：“你知道对于感情，17 岁的我和 23 岁的我有什么区别吗？”“嗯？”“17 岁的我感受到了一点点喜欢，就会去相信这份感情和眼前的人，并且无所谓地付出；23岁的我哪怕感受到了很强烈的感情，也无法完全相信这份感情，即使想要全身心投入，骨子里也还是有所抵触。”

写完后，我突然浑身打了一个寒战，什么时候起，我变成了一个连自己都感到陌生的人？

所以，这个时候文字显得那么重要。

文字对于我，不仅仅是记录生活的方式，也是我挑战这个世界的方式。当世界尝试着把我驯养的时候，我用文字提醒着自己内心还没有磨灭的热情，我用文字记载着曾经用力生活的痕迹。提醒着我，没错，就是因为我经历了这些，我才会变成现在的这个我。

有些话再不说，就快要忘记了，就快要忘记当初的自己是怎样的信誓旦旦，当初的自己有着怎样的拼劲和梦想。

就快要忘记自己高中时在笔记本写下的梦想，就快要忘记课堂里偷偷发给她的信息，就快要忘记离开故乡的时候彼此的鼓励了，就快要忘记最后分开时互相的祝福了，就快要忘记坐在明亮的教室里做着一道道做不完的习题的自己了，就快要忘记一直到十二点都没有睡为了发给你“生日快乐”的心情了，就快要忘记自己最初最疯狂的坚持了。

希望你看完这本书以后，还能想起曾经为之疯狂的一切。把它们珍藏起来也好，把它们重新拿起来也好，我只希望你不会忘记。毕竟在你的黄金年代里，是这些陪伴着你一起度过的。

那么接下来，要说些什么呢。

那就说说我自己吧。

很想去相信一段感情可以很持久很持久，骨子里却觉得这样的一件事情太难太难。不知不觉对大部分感情开始持怀疑态度，可是又会去相信感觉。即使是一直学着权衡利弊，对于感情很怀疑，可一旦遇到某个人，我一定会放弃那些所谓的大道理，照样二逼地全身心投入。

又想要把遇到的人、见过的事都记下来，趁年轻；把感动过的、奋斗过的都写下来，趁还记得；把爱过的人、折腾的青春折腾下去，趁还热血；拥有一个其他人都没有的青春，这样才算活过。

最难的不是你对这世界抱有希望，而是你在经历了不公平、难堪之后，还能对世界抱有希望。大概是我天生悲观，我总觉得人生下来就是受苦的，但我还是会觉得这个世界很值得我去爱。即使你告诉我，我所经历的一切都是假的，明天太阳升起的时候，我也会用尽全力去爱这个世界。

又大概因为我骨子里是个怀疑主义者，我不相信时间，我不相信距离，我不相信爱情撑得过时间和距离，我甚至怀疑爱情本身。

可我相信你。

大概这就是我吧。

我的这趟旅程马上就要到目的地了，

身边的乘客已经纷纷醒来。看了看窗外，天蓝得像大海一般。突然觉得对于那些不能释怀的也就这么释怀了，那些看不清的未来，似乎也不那么可怕了。完成每一段小的旅程，就能最终到达目的地。

实现梦想有时候很孤单，却不舍得放手；一个人走有时候很难受，却不想停下；路还很长，所以要一起走下去。

没错，我们一起走。

谁说这样不伟大呢？

@ MissAir_IKKI本命海芋星：没人有责任取悦你。所以，当我们不开心时，不要等待任何人。降低我们的smile point，这样，我们才会生活得更快乐。

@种了棵尤加利：对于未来，我始终抱有积极的态度。也许是我过于乐观，阳光下总会有阴影，可是我始终相信，现在没能遇到对的人，在下段时光里，终将遇到。

@湛蓝i：或者可不就是为了实现梦想。

@L不喜欢齐刘海儿：畏首畏尾思前想后怕这怕那权衡利弊七想八想缺乏安全感懦弱至极缺点一箩筐，难道这就是所谓的成长吗？唱一万遍《勇气》仍然没用，放弃比争取来得容易。

@ May_罐装饮料：迷恋可乐冲击喉咙的辣辣的快感 迷恋清晨的第一缕阳光 迷恋寂静无声的黑夜 迷恋日落的残阳如血 迷恋大海冲上沙滩的呼吸声 迷恋和哥们儿闲逛夜晚的城市 迷恋和挚友长谈的欣喜 迷恋与你擦肩而过的对视 迷恋单数 迷恋新想法的进出 迷恋单眼皮 迷恋旅行带给人永远不知道下一秒的新奇刺激

@ Tina_潘小黎：我们最终会从小时候的万众瞩目变成成人之后的平淡无奇。生活用边框打磨了我们的棱角，只愿我们在心中还能保留幼时的梦想。

@ Why-井：从不会为了梦想放弃生活，同样也不会为了生活放弃梦想。当只有一次机会的时候，那就选择一条可以完成所有的路。我要实现梦想，同样也热爱生活。总有一天，会知道，只有生活和梦想共同存在的青春，才是真正的青春。

@ 荷包蛋 _m：我一直想独自去远方。没想到，我真的出发了，一个人去印度做志愿者，在那边像个印度人一样生活了一个多月。这趟旅程，我学到的最重要的一课是不要在没有去过、没有亲身经历过前下判断乱贴标签，学会接受、理解和爱。其次是看到那些贫民窟的孩子，我才知道自己到底有多幸运，我们对生活应该少点儿抱怨，多多珍惜。

@我喜欢你啊你聋了啊：有些事情真的不是谁都能感同身受的，事情没有释怀得那么快，所以才会耿耿于怀，等到真正风轻云淡的时候自然不会在意，一个白眼就足够了。所以，请不要太在乎他人的眼光，坚定自己就可以了。

@SeeU_A_CA：生活总是不易的，它不会等你准备好了才告诉你它的残酷。它来的时候，你会慌乱、你会害怕、你会觉得茫然无措。可是慢慢地，你习惯了，习惯了潜规则、习惯了善变的人心、习惯了背后被捅一刀。但是，那时候的你已经小觑到它的面目，我们无法改变它，那就以最积极的自己去面对吧。Live in down.

@良人在熙：时间让我用漫长的生命去回忆你，习惯性地想起，习惯性地自责。如果当初我不那么鸵鸟，现在会不会就不一样了。可是，来不及了，心跳不在一个频率上的两个人只会越走越远。有时我也在想，能够被人抢走的，再重来结局是不是还是一样。可你真的深爱过我。

@Z君今年必过初级职称考：我不敢说梦想终会实现的奢侈话，但自从心里那团隐隐发亮的东西萌生后，我就觉得自己是不同的。只因有了向上的理由。我的年轻里，有个梦，在发光。

@蒙思明：不管是现实骨感还是梦想丰满，年轻的我们总渴望不安定却又害怕暴风雨。痛哭以后，咬紧牙关，你要记得的是：勿忘初衷。

@王咏夏为司考奋斗为未来努力：你懂我难过，而不指手画脚；你陪我哭，而不急于让我变成你所希望的样子。这是我心里最好的爱情。

@邱阳同学：放弃喜欢你其实比最初决定喜欢你更需要勇气，因为受够了失望，所以才选择孤独。

@咸蛋超人呼噜噜：万金油式的安慰语就是“这些

都会过去的”，或者“伤痕终会愈合”。可是，我要真真正正去经历才明白，那些生命的伤痕和悲鸣，灵魂再怎样沉默，也无法掩去内心的痛哭流涕。而不管努力多少，顶多做到走过去，而不是愈合。总有伤痕，最多只能溃烂在岁月里。That hurts.

@深蓝蓝蓝CC：我在上海，26岁，单亲，异地恋。很多人看到这样的字眼都会觉得费解，不理解一个女孩子为什么要一直这样孤独地坚持，不管是感情还是梦想。其实我想说，但凡是自己内心深切渴求的东西，都不会被抛弃。我期待水到渠成的那一天，梦想生花，爱情结果。

@卓瑾释君：谁都可以无止境地对一个人好，前提是值得。当你做了那么多事情以后，发现对方竟是如此地不care，那就放手，然后对自己好一点儿，爱情如此，友情亦如此。

@敢问公子可有意中人_：现在感觉是，和你聊天总觉得网速慢得不行。

@小郑是个自然卷：不合脚的鞋子，即使再漂亮，再吸引你的目光，也不要穿。因为不合脚，走路会不舒服，到最后虽然不忍心但还是会放弃它。相对的，即使是合脚、自己又很喜欢的鞋子？在最开始穿的时候，也会磨脚，也会有一段适应的时期，因为是新鞋，都会磨脚。人和人相处有时候也是这样。

@王木木界：很多时候，尽管你竭尽全力也只是换回了一个看得过去的结果。可是如果你不努力，怎么能超过那些天赋异禀的人呢。

@Cherry忱_静：以前看不惯的事一定要说出来，于是经常跟人吵架遭人白眼，虽然那大都是个人质量问题，根本不关我事，一副救世主的正义还被人讲臭屁。后来渐渐看淡了，并不是少了正义感，只是每个人都有自己的位置吧。尽管无奈或者失望，但只一下下就好，生活还要继续，太阳依旧会升起。

@Hello-Gloria：很多时候，你的梦想像在自娱自乐，说给任何人听都是枉然。随心情的那些梦想像一个个美丽的泡泡，心情变了于是自己也记不起来．但是总有那么一个梦想，是你以为漫漫长路再多努力也遥不可及。可是少年，没错，你一直在朝它走去。

@齐踽踽其实挺好的：在这个世界上有很多人和你分享快乐，但只有一个人能分担你的痛苦，而我存在的意义就是不让你太苦。

@陌陌小习Jacqueline：自己都不能完全了解自己，所以不能奢望有什么人会百分之百地懂你。每个人都活在自己围墙内的世界里，偏执而可笑地把自己当成了主角。爱上你是一件危险的事，因为这意味着可能让自己的世界崩塌。

@想去旅行的小海宁：写一封信给自己的十年。写给十年前的自己：感谢你在无数个想要放弃的节点里，都选择坚持了下来。写给十年后的自己：我希望你依旧很努力有梦想也很坚持，希望那时候的自己不会让现在的自己鄙视。

@少女心的蜜糖小bella想要逆生长：我想和你一起俯瞰全世界，也想活在你为我专属打造的世界里。想要一份单纯幼稚的爱，却不想要那些不安稳与不确定。

想要一份成熟稳重的爱，却不想要那些麻木与安分。现在的我想要的不是一个让我动心的人，而是一个让我安心的人。

@ vkshin海海海：我好想再回到那个时候啊。所以，我穿上了你送的长裙子，我把家具摆回原来的样子，我藏起了挂在墙上的你的阴沉沉的黑白照片，我把日历都翻到那个日子了，我把一切都复原了，就差你了啊！为什么你没有在早上九点拿着水仙准时出现呢？是堵车了还是忘记我的地址了呢？哦不，现在都晚上七点了，你怎么还不来？

@UP-Honeysuckle：真正的梦想，就是即使在现实生活中被折磨得遍体鳞伤，但只要一想起它，就能瞬间充满能量的东西。

@ 行不得也 angel：以前梦想可以为这个世界改变一点儿什么，但又觉得自己很渺小办不到。现在终于想明白其实只要自己去坚持做好自己，不要让自己被这个世界改变，然后再去做一些梦想的事情，一切就会简单很多。就像有人说的，我努力战斗，不是为了改变这个世界，而是为了不让这个世界改变我。

@楼楼要做独立能实现梦想的大人：碰到那个发光的人，喜欢就去追啊！错过了，你就再也勇敢不起来了。

@喜欢巴士的铃铃蓝蓝：当你抱怨生活压力太大的时候，一些人已经失去了生存的权利。活着你可以享受温暖的阳光，伴着余晖的散去安然入睡；你可以随意选一列班车去欣赏沿途的风景，把当时的心境写进日记；你可以透支明天的烦恼，因为你还活在这世界上。生活会以不同的经历来装点我们的内心，被填满的人生驿站恰恰沉淀出每个人最真实的心态。

@饽饽_：你成长中遇到的所有问题，都是为你量身定做的：解决了，你就成了这类人中的佼佼者；不解决，你永远也不知道自己可能成为谁。

@陈云莉 miyo：我爱上你没有其他原因，只是见到你的那一刻，突然就有了一定要去实现梦想的动力。

@lou红鱼_我系尤比亚：的确不太喜欢被人下定义

贴标签，比如纠结姐、学术型、公务员。成绩好不过是不甘认输，习惯了争强好胜全力以赴，背后也无太多其他相关。至于未来，只有我自己知道我想要什么样的生活和想成为什么样的人

@IMKALEA：你永远都不知道比你优秀的人在哪里做着什么你觉得你自己做不到的事，那就是他比你优秀的原因。

@无效信_：每一个励志的好友都是人生中的宝贵财富，他们又何尝不是一个大型移动伤口，却坚强得无懈可击。每个人都在努力地为生活负起责任，我没有任何借口放弃，因为我知道我不是一个人在奋斗。

@骁骑若汐：一直记得你的那句，要写一万字的文，我就写两万字，然后删一万字。我一直都是个不会做到最好的人，再到后来，慢慢只能是越来越差。我感谢遇到你的日子，让我知道我们应该要让自己做到能做到的最好，让我知道这个世上很多比我优秀的人依旧比我勤奋，让我知道没有到不了的明天，无论谁选择了走离我的世界。

@Bon_：为我们未来可能发生的一切做好准备，现在看起来没有用的不值得学的东西，也许就是我们未来的方向。同时真正去跟随自己的内心，不要为了什么现实的理由轻易放弃自己喜欢的事情。既然未来不可知，至少让自己对得起自己。

@22快到傻洛碗里来_：你捧着简历东奔西跑忙着找工作，一时间有些发蒙。偌大的城市里霓虹灯闪烁，你常常会望着漫天的星星发呆。你想起小时候吵着闹着缠着妈妈同意你去看五月天的演唱会，还要噘着嘴告诉妈妈那里有最美的星空。那个样子，一想起来你就抿着嘴笑，眼里却有些湿热。未来还是未来，还是梦想的梦想千万不要停止。

@小鹿橘：我不太会说话，不太会表达对你的喜爱。你说我是甜的，那么我就是甜的。你说我是夏天一样的姑娘，瞧，夏天就来了。To D.

@梦想木变奇葩爷：梦想是什么？以前的我，一直处于迷茫状态。直到高中，我才发现，原来我也有梦想：成为一名记者。直到现在，即便不是新闻专业，即便不是本科大学，我也依旧不曾放弃。什么是梦想，我真不知道，我只知道，我会一直努力下去，坚持自我，为自己想要的一切而努力，就够了。活着，就是死咬着自己的信仰前进。

@通吃_TakeAll：牛人、神人也是普通人，但他们比普通人狡猾，他们就是不让你看到他们的努力、挣扎和苦逼。所以你也要铆起劲来奋斗，上演一出屌丝逆袭，让那些没把你放在眼里的人后悔。

@旅行家小Y：一切都会好的，这是句咒语。

@Cc努力过司考：一直一直读他的文字，关于梦想。到底要怎样用力地活着才能真真切切感受到自己的存在？到底要怎样度过做出选择后的每一秒钟才对得起这唯一一次的生命？到底要划出怎样独特的轨迹才能在临终前真的死而无憾？我想，你多多少少都会从这本书里领悟到一些什么。你会发现，真的有人为了梦想而努力地活。

@pzs奋斗中：现实与梦想的差距那么大，我们都要慢慢从梦中醒来。先哄我们睡，再催我们醒，喜欢睡觉的人一定都知道这是一个十分痛苦的过程。但是世界越来越好，期待着吧。看清了生活的真面目，就是征服的开始。

@serena-rimini：一直喜欢你真实、实在的语言，所以必须挺的啦。生活，我觉得很简单也很难，就是生下来，然后活下去，怎么活，就因人而异，受各种因素影响了；梦想也很简单，喜欢就去追逐，一步步靠近，美梦成真，即使最后没有实现，你也已经蜕变成一个不一样的、更棒的你，这就够了。

@NUYIJ：我不知道爱到底是什么，我只知道，就算那么多伤害和谎言之后，我依旧想知道你过得好不好。

@如诺：22 岁至 30 岁这年纪，很是尴尬。大多处于刚毕业工作、生活不稳定的时期，做什么都似乎觉得会弄巧成拙，小到选错衣服、包包的颜色，大到对未来的迷茫。或许那是根本不算未来的未来，时间一分一秒地过去，我们终将做出选择。那么请坚持自己的选择，不要怕也不要毁。

@可儿千夜子：长大是一个从量变到质变的过程。

在这三年里，离开一些人，经历一些事。以前会想，在别人刷美剧轧马路的时候，我这么拼命到底为了什么？实则是为了终有一日，能依靠自己的力量稳稳地站在大地上，力所能及地做一些认为对的事情。在不辜负自己的同时，也学会与自己和解。也许不会走太远，但每一步都很踏实。

图书在版编目（CIP）数据

你要去相信，没有到不了的明天/卢思浩著. —长沙：湖南文艺出版社，2013.6
ISBN 978-7-5404-6200-0

Ⅰ. ①你… Ⅱ. ①卢… Ⅲ. ①散文集－中国－当代
Ⅳ. ①I267

中国版本图书馆CIP数据核字（2013）第092012号

上架建议：畅销·文学

你要去相信，没有到不了的明天

作　　者：卢思浩
出 版 人：刘清华
责任编辑：薛　健　刘诗哲
特约监制：陈　江　毛闽峰
策划编辑：范冰原
封面绘制：黛　西
装帧设计：八牛·设计 baniu_zhu@163.com BNEW DESIGN STUDIO
出版发行：湖南文艺出版社
（长沙市雨花区东二环一段508号　邮编：410014）
网　　址：www.hnwy.net
印　　刷：三河市鑫金马印装有限公司
经　　销：新华书店
开　　本：880mm × 1270mm　1/32
字　　数：188千字
印　　张：8.5
版　　次：2013年6月第1版
印　　次：2014年1月第2次印刷
书　　号：ISBN 978-7-5404-6200-0
定　　价：32.80元
（若有质量问题，请致电质量监督电话：010-84409925）